「アデル！　やっぱりアデルね！」

「あ、ああ……久しぶりだな」

剣聖　デルのやり直し3
──過去に戻った最強剣聖、姫を救うために聖女となる──

Author─ハヤケン　Illustration─うなぽっぽ

クロエ・ナヴァラ
―― 七大聖女の一人で【匠の大聖女】
マッシュ達に人体実験した
ナヴァラ枢機卿の孫でもある
ユニコーン
―― クロエと盟約している処女性を重んじる神獣
愛称は【ニコ】で姫のペガサスとは
共に育った過去がある
カティナ・アスタール
―― 七大聖女の一人で【集いの大聖女】
アデルとは同じ孤児院で育った
幼馴染で姉的存在

ペガサス
ユーフィニア姫と盟約している性癖のねじ曲がった神獣
ユーフィニア姫からは【ペガさん】と呼ばれている
ユーフィニア
アデルが絶対の忠誠を捧げる
思慮深い姫君
聖女として破格の能力を有する
アデル・アスタール
過去に戻った結果、美少女化した元剣聖♂
聖女に覚醒後、ユーフィニア姫の護衛騎士となる

「行きましょう、アデル？」
「はい、お供します姫様！」
女性の体になっていて良かった。
時を遡る前の大柄な体では、
まだ小さなユーフィニア姫と
背丈が違いすぎて、
一緒に踊るのに難儀していた所だ。

剣聖女アデルのやり直し 3

～過去に戻った最強剣聖、
姫を救うために聖女となる～

ハヤケン

HJ文庫
1144

口絵・本文イラスト　うなぽっぽ

KenSeijyo Adele no
Yari Naoshi

3

CONTENTS

剣聖女アデルのやり直し
——過去に戻った最強剣聖、姫を救うために聖女となる——

第１章◆類は友を呼ぶ

ウェンディール王国、王都ウェルナ。

そこは聖塔《せいとう》教団の総本山である直轄《ちょっかつ》都市アルダーフォートにも程近《ほどちか》く、古くよりアルダーフォートと中央聖塔への巡礼路《じゅんれいろ》の中で最大の宿場街、観光地として栄えてきた。

別名『花《はな》の街《まち》』と呼ばれ、世界でも最も美しい都市の一つとされる。

街のあちこちが美しいウェルナフェアの花に彩《いろど》られ、昼は太陽に照らされて燦々《さんさん》と、そして夜は宿場や酒場の明かりに照らされて、物静かに幻想的《げんそうてき》に、いずれにしても旅人達《たち》の目を楽しませてくれる。

そんな街も、静かな眠《ねむ》りに就《つ》きはじめた深夜。

月明かりに照らされる『花の街』もまた美しいはずだったのだが――

「へっへっへっ！　月明かりの『花の街』ってのも悪かないねぇ！」

「おう、俺達《おれたち》が城の庭で作ったのもどっかに飾《かざ》られてんだろ？　悪くねえじゃねえか！」

「夜の花見だねぇ！　こいつは旨《うま》い酒が飲めそうだ！」

「任せろ持ってきたぜ、へっへっへ！　さぁお前等、一杯《いっぱい》やるぞ！」

どこからともなく取り出された酒瓶《さかびん》が、男達の手に行き渡《わた》っていく。

「「「ようしかんぱ……」」」

「そんなものを持ってくるなっ！」

「そして飲むなっ！　任務をなんだと思っている！」

マッシュとアデルが交互《こうご》に部下達を怒鳴《どな》りつける。

「へい。スイマセン、アニキ、アネキ！」

「大丈夫《だいじょうぶ》です！　アニキとアネキの分もありますから！」

「ちゃんと食堂からくすねてきたいい酒ですぜ！」

「そういう問題じゃないっ！」

「くすねるなっ！　姫様《ひめさま》にお叱《しか》りを受けたら、貴様等をただではおかんぞ！」

「うるさあああぁぁぁぁぁぁぁいっ！」

メルルがその場の全員を一喝《いっかつ》し、アデル達はビクッと身を竦《すく》ませる。

「静かにしなさいっ！　街の警備に出てきてるのに、騒音撒《そうおんま》き散らしてどうするのよ！

街の皆《みな》が静かに眠れるようにするのが任務でしょうがっ！」

メルルの言うことは全くその通りで、アデルとしても頷《うなず》くしかない所なのだが――

ガラッ！

周囲の住宅の窓がいくつも開いた。

「うるせえんだよ夜中に騒《さわ》ぐな！」

「この酔《よ》っ払《ぱら》い共！　お城に言いつけてしょっぴかせてやろうか！」

「それが嫌《いや》ならさっさとどっか行け！」

堪忍袋《かんにんぶくろ》の緒《お》が切れた住民達に怒鳴られてしまった。

「ご、ごめんなさ～い。すぐにあっち行きますから。お、おやすみなさい～」

メルルが小さくなって謝《あやま》って、アデル達はそそくさとその場を後にする。

「ったくこいつらってば、自分達の立場が分かってるのかしら」

怒《おこ》られた現場を離《はな》れてから、メルルが唇《くちびる》を尖《とが》らせる。

一応アデルとマッシュの口添《くちぞ》えで城の兵士として雇《やと》われたものの、主な仕事は王城でウエルナフェアの花畑の手入れをしたり、穴を掘《ほ》ったり道具を運ぶ雑用のようなものである。

城の門番であるとか、警邏《けいら》であるとか、そういう兵士らしい仕事を日常的に任されるまでには至っていない。要はまだ、完全に信用されているわけではない。

それが、アデル達の監視下《かんし》とはいえ、正式に街の夜回りをさせて貰《もら》っているのだ。

これを問題なくこなせる事が証明できれば、今後の立場も良くなりそうなものだが、分かっているのか分かっていないのか、彼等《かれ》はこの調子である。先が思いやられる。

「お前達、ふざけていないで真面目にやれ。決して信頼《しんらい》を得たからこの仕事を任されたわけではないのだぞ」

アデルはそう、部下達に呼びかける。

彼等にこの役目が回ってきたのは、単純に人手が足りないからだ。

もうじき、四大国の国王や国主が集まる『四大国会議』がここ、王都ウェルナで開催《かいさい》される。

『四大国会議』は毎年王都ウェルナで行われており、四大国が互《たが》いに尊重し合う現在を象徴《しょうちょう》する行事だ。

四大国の丁度真ん中に位置する『中の国《なか》』ウェンディールとしては、四大国のどこにも属さない中立的立場として国同士の会談の席を提供する事で、ウェンディールの国の存在価値を高める重要な機会である。

他の四大国に比べて圧倒的《あっとうてき》に小国であるウェンディールとしては、そうしてどの国にとっても利のある存在であり続ける事で、どの国からも滅《ほろ》ぼされないように立ち回る他は無いのだ。

そのために『四大国会議』は必ず何事も無く安全、安心に開催されねばならないが、最近は何かと物騒《ぶっそう》である。

つい二ヶ月程《ほど》前には聖塔教団の総本山アルダーフォートの中央聖塔が崩壊《ほうかい》した上、戦の大聖女エルシエルが乱心し大きな被害《ひがい》が出ている。

同じくウェンディール領内の第七番聖塔が破損し、北の国境近くのシィデルの街では、トーラスト皇太子トリスタンの暗殺未遂《みすい》も起きた。その裏で糸を引いていたのは、トーラスト帝国《ていこく》と同じ四大国のマルカ共和国である。

例えば『四大国会議』の舞台で、マルカ共和国側が何かを企《たくら》まないとは言い切れない。場所を提供するウェンディールとしては、何かを起こされては面目丸潰《めんぼくまるつぶ》れどころか、いずれ国自体の存在価値を危《あや》うくしてしまう。

絶対に『四大国会議』は平和裡《り》に終わらせなければならない。

という事でウェンディール王国としては普段《ふだん》の『四大国会議』よりも二、三段警戒《けいかい》の態勢を引き上げて今年の『四大国会議』に臨《のぞ》もうとしていた。

猫《ねこ》の手も借りたい程忙《ほどいそが》しい中、ナヴァラの移動式コロシアムに囚《とら》われていた元剣闘士奴《けんとうしど》隷《れい》の兵士達にも、兵士らしい任務が回ってきたのである。

これを命じる時の騎士団長《きしだん》ベルゼンの表情は、明らかに嫌々《いやいや》だが仕方ないと物語っていたように思う。

「アデルの言う通りだぞ、お前達。ここで上手《うま》くやれば、普段からちゃんとした兵士としての仕事も任せて貰えるようになるだろう」

マッシュはアデルの言葉に頷き、部下達に呼び掛《か》ける。

「けどアニキぃ、アネキぃ、昼はお花畑で穴掘《あなほ》りと荷運びで、夜は街の見回りですぜ？俺《おれ》ぁ疲《つか》れちまって……せめて街の見回りは昼にして、夜は休ませて貰いたいもんですが」

部下の一人——花を育てるのが得意なカモッツが欠伸《あくび》交じりに言った。

「そいつぁダメだな。お前なんかが昼間に街うろついてりゃ、逆にお前がとっ捕《つか》まるぞ。人相悪いからなぁ！　ガハハハハッ！」

「ちげえねえ！　俺ならお前から捕まえるわな！」

「おめーは人気ねえ夜にしか街に出れねぇ顔だよ！」

「んだとぉ⁉　てめえらも人の事言えた義理じゃねえだろうがよ！」

「ああああぁぁぁっ！　やべえ怪《あや》しい奴《やつ》がいる！　とっ捕まえろ！」

「だああぁぁぁぁっ！　何すんだてめえ、酔っ払い過ぎなんだよ！」

とても賑《にぎ》やかで、とても楽しそうである。

「……あー、頭痛い。こいつら全員置いて来て、あたし達だけで見回りしたほうが絶対マシだわ」

　メルルが深く大きくため息を吐《つ》く。

「アデルもマッシュも、よくこんなの連れて傭兵《ようへい》出来てたわよね。頼《たの》まれた事すらまともに出来そうにないんだけど……？　逆にアデルとマッシュは、お城の騎士《きし》より騎士らしいって言うか、すんなりハマってるし――なんでこいつら連れて傭兵しようと思ったのよ？」

「「…………」」

　メルルの発言にアデルとマッシュは顔を見合わせる。

　別にまずいとか冷《ひ》や汗《あせ》をかくとかそういう事ではなく、そう言えば最初にそんな事を言ったな、と思い出したのだ。

　最初は信用して貰うためにそういう方便を使ったが、メルルとはユーフィニア姫《ひめ》の護衛騎士として短くない時間を既《すで》に過ごしてきた仲だ。

　メルルがどういう人物で、どういう生い立ちで今ここにいるかも、先日のシィデルの街の事件で分かっている。

　戻《もど》ってきた直後は色々思う所もあったのか元気が無かったが、最近は本来の調子を取り戻してきた様子で何よりである。

──ともあれ、信頼関係はもう既に出来ているのだ。

今更隠《いまさらかく》し立てする事も無いだろう、とアデルもマッシュも同じ考えに至り、頷き合った。

「いや、メルル。実はな」

「今更《いまさら》で済まないが、俺達は元々傭兵じゃなくてだな……」

「え？」

と、きょとんとするメルルの目の前に、すっと白い何かが現れる。

四本足。神々《こうごう》しいまでに純白の毛並みをした、白馬だ。

「ん？　ああ、ペガちゃん？　姫様の所から抜《ぬ》け出して来ちゃったの？　ダメだよ～？

まあ、リリスちゃんがいてくれるから、まだ大丈夫だろうけどね。あはは、くすぐったいよ～？」

メルルの頬《ほお》をペロペロと舐《な》めると、豊かな胸元《むなもと》にもぞもぞと鼻先を潜《もぐ》り込《こ》ませる。

それだけを見れば、美しい動物と美しい少女が戯《たわむ》れる心温まる光景なのだが──

『ヒャア！　やっぱ無いよりあるほうがよろしいで御座《ござ》いますなぁ！　ぷるんぷるんしやがりますわ！　ぷるんぷるん～♪』

「………」

相変わらず、元剣闘士奴隷の部下達が可愛《かわい》く見えるくらいの下劣《げれつ》ぶりである。

頭が痛くなる。神獣《しんじゅう》の声が聞こえないメルルは、ある意味幸せかも知れない。

アデルも時を遡《さかのぼ》る前の聖女ではない身では、神獣の声を聞く事が出来ず、ペガサスでもそれなりの敬意を以《もっ》て接していたのだ。世の中、知らないほうがいい事もあるものだ。

とりあえず火蜥蜴《サラマンダーテイル》の尾で縛《しば》り上げて、そこの川底にでも沈《しず》めよう、とアデルは思う。

今アデル達がいるのは、王都ウェルナの中心を流れるエルレ川のすぐ側だ。

通路の脇《わき》の階段を下りると、すぐに川縁《かわべり》である。

と、アデルが腰《こし》に提《さ》げた火蜥蜴《サラマンダーテイル》の尾に手を伸《の》ばしたとき、神獣はメルルから離れてアデルのほうにやってくる。

『どうれ、こっちのボインちゃんはどんなお味かな～？』

「黙《だま》れ、近寄るな」


ビシュンッ！


アデルは火蜥蜴《サラマンダーテイル》の尾を鞭《むち》のように長く伸ばし、神獣の顔をグルグル巻きにし、引きずり倒《たお》す。

『どわっ!?　な、何しやがるっ!?　せ、聖女かよ、ねーちゃん……!?』

「はあ？　何を言っている？」

今更言わずもがなの事を、何故《なぜ》？

アデルは首を捻《ひね》るが、その答えはすぐにメルルが口にした。

「あれっ⁉　この子、姫様のペガちゃんじゃないよ、アデル！」

「ん⁉」

「ほら見て、ペガちゃんの羽根が生えてないし、頭に角があるよ！」

確かにメルルの言う通りだった。

ユーフィニア姫のペガサスと全く同じような言動を取りつつ、背に生えた純白の翼《つばさ》が無い。そして額には立派な一本角が生えている。

これは別の神獣——ユニコーンだろう。

一体誰《だれ》と盟約している神獣かは知らないが、一つ分かった事は、ペガサスもユニコーンも似たようなもので、何もユーフィニア姫のペガサスだけが特別下劣なのではないという事だ。「……こんなのは奴だけで十分なのだがな」

こんな者達がこの世にあと何体も生息しているとなれば、なかなかに頭が痛い話だ。

ユーフィニア姫のペガサスだけで十分である。

『けっ……バーカ。アデルちゃんは触《さわ》るな危険、だぜ。基本外から見るだけで、お触りに行くときは死を覚悟《かくご》しねーとな！』

勝ち誇《ほこ》ったような声がする。

噂《うわさ》をすれば影《かげ》。ユーフィニア姫のペガサスが、川縁に下りる階段の下に身を隠《かく》しつつ、アデルの姿を下から嘗《な》めるように見つめていた。

『だが見てる分には最高だ！　足は開くわ服は脱《ぬ》ぐわ、隙《すき》だらけだからな……！』

「黙れ貴様……！　そこで何をしている？」

「あ、本物のペガちゃんだ」

ペガサスはヒヒーン！　と一つ嘶《いなな》いて誤魔化《ごまか》し、川縁から飛び上がるとメルルに近寄り、甘《あま》えるように鼻先からすり寄っていく。

「ん？　何々？　さっき間違《まちが》えたから怒ってるの？　ごめんね～？」

『ヒャハハハハ！　ぷるんぷるん～♪』

「メルル、謝る必要など無いっ！」

ビシュンッ！

火蜥蜴《サラマンダーテイル》の尾の逆側を鞭のように伸ばして、先程《さきほど》のようにグルグル巻きにして引きずり倒す。

『のわあぁぁっ!?』

逃《に》がさないように術具の両端《りょうたん》から伸びる鞭状の炎《ほのお》を絡《から》まり合うようにすると、翼のある白馬の下劣な神獣と、翼の代わりに角のある白馬の下劣な神獣が隣《とな》り合って、囚人《しゅうじん》のように縛られている図が完成した。

お互い角と翼を取ってしまえばそっくりで、見分けが付きそうにない。

『ど、どうせなら直接！　直接殴《なぐ》るか蹴《け》るか、いや出来れば密着して締《し》め上げてくれぇ！』

『脚《あし》で締めてくれてもいいぜ！　そのフトモモのむちむち感を是非《ぜひ》……！』

「…………」

性格のほうも見分けが付きそうにない。

正直、今どちらがペガサスでどちらがユニコーンの発言か分からなかった。

どちらも似たような声にアデルには聞こえる。

「あ、アデル！　ペガちゃんはまあ姫様は許してくれると思うけど、こっちの子はこんな事していいの……!?　後で怒られたり……」

「構わん！　どちらも似たようなものだ！」

「あ、アデルは本当にペガサス達には厳しいな……」

マッシュが多少怯《おび》えた様子で言う。

「あ、アネキは俺達に下着姿見られても怒らないのにな」

「まああれは、アネキのほうも風呂《ふろ》上がりだ訓練後だで暑いって、詰《つ》め所《しょ》で服脱いで涼《すず》むのがいけねえんだよ」

「だな。アネキにも問題がある。俺達は悪くない」

「……それが分かっていれば、アデルは怒らないという事だ。すぐ服を脱ぎたがるのは困りものだがな――」

マッシュはそういう場面を目撃《もくげき》するたびにアデルに注意をするのだが、なかなか直らない。見た目は花も恥《は》じらうような美しい少女なのだが、本人に女性らしい恥じらいや慎《つつし》みのようなものが全く足りておらず、見ているマッシュ達のほうが振《ふ》り回されてしまう。

ユーフィニア姫もメルルも最近はアデルはそういうものだとちょっと諦《あきら》め気味《ぎみ》で、一番粘《ねば》り強《づよ》く指摘《してき》と注意を繰《く》り返しているのがマッシュだった。

「そのアネキがあんなに怒るなんて、あのお馬様がとんでもねえゲッスい性格してたりするのか……!?」

「いやまさか、神獣様だぞ！」

「流石《さすが》に糞《くそ》みてえな育ち方してきた俺達でも、神獣様は敬ってるぞ!?」

神獣は聖女と盟約する事で聖域や聖塔を生み、人々はその守られた領域の中で暮らす。

聖塔により保護された土地を出れば、そこは魔物《まもの》が際限無く湧《わ》き出す未開領域である。とても人々が暮らしていける環境《かんきょう》ではない。

元剣闘士奴隷の彼等もならず者ではあるが、それは聖塔に守られた人の社会での話だ。彼等すら感謝し敬う程、聖女と神獣の存在は人々にとって無くてはならないものなのである。

「しかもあの女神《めがみ》様みてえなユーフィニア姫様の神獣だぞ？　きっとめちゃめちゃ行儀《ぎょうぎ》良くて賢《かしこ》くて、誰にでも敬語で接するような紳士《しんし》に違《ちが》いねえよ」

『アデルちゃあぁぁぁんっ！　ぷるんぷるんかむちむち！　ぷるんぷるんかむちむち！　どっちかちょうだい！　どっちかあああぁぁぁぁっ！』

行儀も良くないし知性のかけらも感じさせない程頭の悪い発言で、紳士ともかけ離れていた。

部下達の案外まともな信心を返してやって欲《ほ》しい、と思う。

『っせーぞコラ！　耳元で喚《わめ》くんじゃねえこの駄馬《だば》が！　アデルちゃんって言うんだな？　うちの聖女様とはケタ違いの発育の良さだ！　是非ぷるんぷるんかむちむちをおぉぉぉぉっ！』

『あぁん⁉　どっちが駄馬だ、鏡見て言ってんのかてめぇ⁉　アデルちゃんはうちの聖女様にお仕えしてる家来なんだよ、つまりアデルちゃんを好きにしていい権利が俺にはあるんだよボケが！』

「黙れ！　そんな権利は貴様には無いっ！」

「誰が発育不良だ、悪かったなあぁぁっ！」

アデルがペガサスを蹴り飛ばすと同時に、ユニコーンを蹴り飛ばした者がいた。

『『どおおぉぉっ⁉』』

二体が転がって崩《くず》れ落ちるが、アデルはそちらではなく姿を現した人影《ひとかげ》に注目をする。

「む……？」

アデルやメルルと同じ年頃《としごろ》の少女だ。

やや癖《くせ》のある長い黒髪《くろかみ》を頭の後ろの高い所で束ねているため、首筋が見えるのだが、かなりほっそりとした華奢《きやしや》な印象であり、身長もアデルより低い。

だが切れ長の瞳《ひとみ》はとても知的な美しさを醸《かも》し出しており、どこか落ち着きを感じさせる。

この少女が、ユニコーンと盟約している聖女だろうか？

「やれやれ、どこへ行ったかと思えば……まあ合流できたからいいっちゃいいけども。あんた達、うちの馬鹿が迷惑《めいわく》掛けたね、ごめんよ」

と、少女はアデルとメルルに向かって頭を下げる。

「いや、勝手にそちらの神獣を捕《と》らえた事は謝罪します。申し訳ない」

「いいよ、どうせこいつがいらん事したんだろ？　こいつが好きそうなタイプだよ、あんた達二人とも。まあこいつってかこいつ等が、だけどね。ユニコーンってのは、出るとこ出た女が好きなんだよ、基本的に。しかも当然アレな、アレ……分かるだろ？」

「は、はあ――存じてはおりますが。それよりもあなたは一体……？」

ウェンディールの城では、見ない顔だ。

駐留《ちゆうりゆう》聖女の一員、という事ではないだろう。

では何故こんな深夜に、見た事の無い聖女が王都ウェルナの街中に？

と聞きたい所だが、尋《たず》ねる以上こちらの身分と目的を明かすのが先だろう。

「いや失礼、我々は現在夜警の最中の城の者で――」

「ああ知ってるよ。アデル・アスタール。わざわざ自分からユーフィニア姫の護衛騎士を志願した、物好きの特命聖女……アスタール姓《せい》で特命聖女ってのがもう異例だしね？　テオドラばーちゃんからあんたの事は聞いてるよ」

「？　テオドラ殿《どの》から？」

特命聖女とは、四大国をはじめとする権力の中で、爵位《しやくい》や地位を持つ聖女達の事を指す。

本来聖塔教団の聖女は、世俗《せぞく》の権力を得てはいけないという戒律《かいりつ》がある。

そして聖女の資質を持つ者は、須《すべから》く聖女として生きるべきとの教えもある。

しかしそうなると、生まれながらに世俗の権力を持つ聖女――

例えばユーフィニア姫のように、王族に聖女の資質を持つ者が生まれた場合、二つの教えに矛盾《むじゅん》を生じる。

聖女たるもの世俗の権力を持ってはならないが、世俗の権力を持って生まれており、だが聖女の力を持つ以上は聖女として生きねばならない。

それを解消するのが、特命聖女という立ち位置だ。

聖塔教団の任務として、世俗の権力を持つ事を容認《ようにん》する、という事である。

殆《ほとん》どの場合、ユーフィニア姫のように王侯《おうこう》貴族の生まれの聖女に適応されるが、聖塔教団の聖女が、王侯貴族の元に嫁《とつ》ぐような場合にも使われるようだ。

アデルの場合、時を遡る前と同じユーフィニア姫の護衛騎士となるべく、ウェンディール王国に仕官したわけだが、そのために聖塔教団からは特命聖女にしてもらっている。

そもそも聖女は護衛騎士に守られる立場であるわけで、護衛騎士になるために特命聖女を望む聖女など皆無《かいむ》に等しい。

王侯貴族に比べれば、護衛騎士は高い身分というわけでもなく、聖塔教団としても、そんな細かい事のために一々特命聖女を許可したりしない。

あくまで例外。誰にでも認めていれば規律を保てなくなる。

そこを無理を押《お》し通し、しかも姓はアスタール姓。

アスタールはラクール神聖国のアスタール孤児院《こじいん》で育った者が共通して名乗る姓だ。

つまり、その事を知っていれば、元の身分は低いという事は一目で分かる。

それが特命聖女とは、これも異例だ。

特命聖女としてウェンディール王国のユーフィニア姫に仕えるアデル・アスタール――

この一文だけで異例がいくつも詰まっているわけである。

目の前の黒髪の聖女の少女は、そのあたりの複雑な事情を完全に理解しているようだ。

それに大聖女テオドラを、ばーちゃんと気軽に呼ぶのは――

「では、アルダーフォートの……」

「ああああああぁぁぁぁぁぁっ！」

と、メルルが少女を指差して声を上げる。

「!? ど、どうしたメルル？」

「何かあるのか!?」

アデルとフードを目深《まぶか》に被《かぶ》ったマッシュは、いきなり声を上げたメルルに問いかける。

マッシュが顔を隠しているのは、夜道で通りかかる人々を怯えさせないためである。

「あ、アデルもマッシュもほら、頭《ず》が高いから……！　あんた達もほら、ちゃんとご挨拶《あいさつ》すんのよ！」

メルルはその場に跪《ひざまず》き、少女に対して深々と頭を下げる。

「あたし達と年は変わらないけど、大聖女様よ！　テオドラ様と同じ！　前に少しだけ、姿をお見かけした事があるわ！　匠《たくみ》の大聖女様……！」

「匠の大聖女殿……」

聖塔教団の聖女の最上位である七大聖女は、それぞれに二つ名のようなものがある。

大聖女テオドラは塔の大聖女。エルシエルは戦の大聖女。

この少女は匠の大聖女、という事らしい。

「これは失礼を。ご挨拶が遅《おそ》くなり、申し訳ありません」

「いや、いいさ。あたしとしても、あんた達の力をアテにしてるんだしな。あたしはクロエ、クロエ・ナヴァラだ。よろしくな」

笑顔《えがお》を見せて言うクロエの雰囲気《ふんいき》は親しみやすいものだったが、問題はその姓のほうだ。

「何っ⁉　ナヴァラ……⁉」

「では、ナヴァラ枢機卿《すうききょう》の……⁉」

「ん？　じじいの事を知ってるのか？　あんま表には出ないじじいだけど……そうさ、あたしはナヴァラ枢機卿の孫でね」

ナヴァラの名を聞くと、どうしても自分達がいたナヴァラの移動式コロシアムの事を思い出す。

時を遡る前のアデルはナヴァラ枢機卿の支配する移動式コロシアムの中で人体実験を受け、その影響《えいきょう》で永遠に目の光を失ったし、マッシュは今も魔物の、獅子《しし》の顔のままで、部下達も皆それぞれ、何かしら実験の後遺症《こういしょう》を残している。

クロエ自身の存在をあそこで聞いた事は無かったし、どれほど関わっているかは分からないが、ナヴァラの名を聞いて警戒しないわけにはいかなかった。

部下達もナヴァラの名を聞いて、ざわつき始めている。

「な、ナヴァラ⁉　ナヴァラって、どこかで聞いた事が……⁉」

「馬鹿、当たり前だろ忘れたのかよ……⁉　なぁおめえら⁉」

素潜《すもぐ》りが得意な部下の一人、フィッシャーがそう仲間達に呼び掛ける。

部下達の中では比較的《ひかくてき》理性的で話も通じる、まとめ役的な立場だ。

「ああ、忘れる訳ねぇ、流石に忘れる奴はどうかしてるぜ……！　なぁ⁉」

「ああ勿論《もちろん》だ！　ボケるのも大概《たいがい》にしとけ！　なぁ⁉」

「フィッシャーの言う通りだ！　流石に人として問題あるぞ、それは……！」

「す、すまんおめーら……何だったたっけ？　教えてくれ」

「「………」」

「いや、お前等全員覚えてねぇのかよ⁉」

フィッシャーが悲鳴を上げている。

「「いいからお前達は黙っていろッ！」」

アデルもマッシュと共に怒鳴った。話の腰が折れてしまい、進まない。

『おら見たか駄馬がよぉ！　ウチの聖女様はちんちくりんだが偉《えら》いんだよ！　次から俺の邪魔《じゃま》すんなよ、ぶっ殺して術具にしちまうぞコラァ！』

『はぁ⁉　虎《とら》の威《い》を借る駄馬がイキってんじゃねえぞ！　って、あああぁぁぁあっ⁉　て、てめえは……ニコ⁉　ユニコーンの群れのニコじゃねえか⁉』

『うん⁉　ああああぁぁぁてめぇペガか⁉　はぐれペガサスのペガ……！　てめえが群れ追い出されて以来じゃねえか、とっくにくたばったと思ってたぜ……！　さっさと死んでろや！』

『余計なお世話だクソが！　群れなきゃ何も出来ねえユニコーン共とは違うんだよ！　てめぇこそ一匹《ぴき》でこんなちんちくりんに飼われてるって事は、群れ追い出されたんじゃねえのかよ⁉　ざまぁねえな、あぁぁぁんっ⁉』

火蜥蜴《サラマンダーテイル》の尾に縛られた二頭が、額を突き合わせて睨《にら》み合っている。どうやら知り合いのようだが、お互いにとても言葉が汚《きたな》い。

『はぁぁぁ⁉　てめえこそクロエを遥《はる》かに上回るちんちくりんのガキに飼われてるんだろうよ⁉　それの何が楽しいんだっての！　妥協《だきょう》したな、妥協！　所詮《しょせん》その程度だよてめえはっ！　ユニコーンの心意気ってものが分かってねえ！　所詮駄馬《しょせんだば》にはガワしか真似《まね》られねえんだよ』

『うっせえ、ユーフィニアにはまだまだ可能性があるんだよ！　あいつがぷるんぷるんでむちむちになる日がいつか来るっ！』

「「うるさぁぁぁいっ！　黙っていろ！」」

今度はアデルとクロエが同時に声を上げ、それぞれペガサスとユニコーンを踏《ふ》みつけた。

「ふう……なんだこいつ等、知り合いみたいだね。二頭で二倍以上に五月蠅《うるさ》くて、辟易《へきえき》するね。先が思いやられるね」

「ええ、聞くに堪《た》えないのは仰《おっしゃ》る通りです」

つまりユーフィニア姫のペガサスは、一頭でユニコーンの群れに迷《まよ》い込み、そこで育った事によりユニコーンの常識と好みに染まったという事だろうか？

だとすれば、こんな者達がこの世界にはまだまだいる——と？

それはそれで、憂《うれ》うべき事態ではないのだろうか。

「ですが、先とは？」

「ああ。もうじき『四大国会議』だけど、近頃《ちかごろ》何かと物騒だろ？　聖塔教団としてもそこは憂慮《ゆうりょ》してててね、近場だし警備を手伝って来いってさ。テオドラばーちゃんが来たかったようだけど、体調が思わしくなくてね。それで駆《か》り出されたのがあたしさ。さっきアルダーフォートからこっちに着いたばかりでね」

「なるほど、そういう事情で……」

確かに、例年より警備を厳重にするために、聖塔教団にも協力を求めるとは聞いていた。護衛騎士や教団兵の部隊が来ると思っていたが、そこで大聖女がやって来るとは聖塔教団も力を入れているという事だ。

ただし、やはりクロエがナヴァラ姓である事は気になってしまう。

何か裏があるのではと、勘《かん》ぐってしまわざるを得ない。

出来れば、信頼出来る大聖女テオドラが来てくれるほうが有り難《がた》かった。

「わぁ、それでクロエ様が。ありがとうございます、助かります！」

特に事情を知らないメルルは、素直《すなお》に喜んでいるようだが。

「つっても匠のって名が表してる通り、あたしは術具の職人だから、戦わせりゃあんたのほうがきっと上だよ。あんた、エルシエル姐《ねえ》さんを仕留めたんだろう？　あたしには難しいからね、それは。だから頼《たよ》りにさせて貰うよ？」

クロエはアデルに笑《え》みを向け、ぽんぽんと肩《かた》を叩《たた》く。

「あたしとしても振られた任務はきっちりこなさないと、評価に関わるんでね。テオドラばーちゃんがやるはずだった任務をあたしが問題なくこなせるって事は、ばーちゃんの大聖女筆頭を受け継《つ》げるって証明にもなる。いい機会だよ」

「な、なるほど……」

職人気質《かたぎ》なのかと思いきや、意外と出世欲は旺盛《おうせい》な人物のようだ。

第2章◆クロエ・ナヴァラ

それから三日後——

星の美しい晴れた夜、アデルは王城の護衛騎士の詰所《つめしょ》にいた。

ユーフィニア姫の居室近くにある、アデル達のために用意された部屋だ。

そこにある出窓の幅広《はばひろ》の枠《わく》に腰掛《こしか》け、アデルは星を見つめていた。

こうして景色や風景を眺《なが》めるのは好きだ。

星の美しい夜空もいいし、城の裏手にあるウェルナフェアの花畑が、太陽に光《ひか》り輝《かがや》く姿もいい。

どれも時を遡る前には楽しめなかった事だ。

盲目《もうもく》であり、風景など何も見えなかったのだから。

光を失う前はまだまだ子供で、しみじみと目の前の風景を楽しむような心は育っていなかった。

今は光を取り戻し、そして人生を捧《ささ》げるべき主であるユーフィニア姫の側にいられるという状況《じょうきょう》であるため、その平穏《へいおん》がこういったものを楽しめる心の余裕《よゆう》を生むのだろう。

アデルは星空を見上げながら、手元に置いてあった杯《さかずき》を取り上げ、口をつける。

美しい景色を前にすると、口にするものも普段より美味《おい》しく感じられる。

中身は酒の類いではなく、果汁《かじゅう》を搾《しぼ》ったジュースだが。

今日もこれから夜の見回りに出る予定だ。

流石に酔っ払って出るわけにはいかない。それでは部下達《たち》に示しが付かないだろう。

まあ、時を遡る前は酒豪《しゅごう》だった自分に取ってみれば、一杯くらい飲んだうちには入らないが。だがそれはそれ、である。

「うん。いい夜空だ、今日も何事も無ければいいが――」


ガチャリ。


詰所の扉《とびら》が開いて、マッシュが姿を見せる。

「アデル。そろそろ夜警に出る時間……っておい！　何をやっているんだ!?」

「うん？　これは酒ではないぞ？　ちゃんと果実のジュースを貰ってきたからな」

「そうじゃない！　上だ上！　ちゃんと服を着ろっ！」

アデルの格好は上半身は下着のみ。

下はちゃんと穿《は》いてはいるが、足を開いて胡座《あぐら》をかくという有様だった。

「む？　ああ、着ようと思っていた所だ。先程《さきほど》風呂《ふろ》を浴びて、暑かったからな」

これも時を遡る前の盲目の頃《ころ》の癖ではあるのだが、盲目では服を着るのに手間取るため、必要ない時は面倒《めんどう》がって着ていない時も多かった。

それに慣れていたため、普通《ふつう》に服を着ているだけで暑く感じてしまうのだ。

だから服を脱いで涼みたくなる事がよくある。

風呂上がりの今などはその典型だ。

愛用していた黒い鎧《よろい》の術具――『嘆《なげ》きの鎧』は手間を掛けずに自動的に装着出来たため、誰かが来たらパッと着れば良かったのだが、今はそれも手元に無い。

だから度々《たびたび》、こういう所を目撃される事になる。

「アデル、何度も言っているだろう、涼むなら自分の部屋でだな……！」

「いやしかし。ここの眺めが気に入っていてな」

「そんな事より、守らねばならない事があるだろう。とにかく早く服を着てくれ」

「やれやれ、小姑《こじゅうとめ》のように喧《やかま》しいな。どちらが女か分かったものではないぞ」

こういう時、女性の体というのは面倒だ。

アデルが男性の体のままだったら、今の行動を誰も咎《とが》めないだろう。

「何か言ったか⁉　ほら早くしろ、集合の時間も迫《せま》っている」

マッシュはアデルに背を向けながら、急《せ》かしてくる。

「ああ、分かっている」

「で、どうだ――クロエ殿の様子は？　特に怪しい動きは？」

アデルもマッシュも、ナヴァラ枢機卿の孫娘《まごむすめ》であるクロエに対しては如何《いか》に大聖女であり、協力すると言ってくれても、なかなか警戒を解けずにいる。

そもそも大聖女であるエルシエルも乱心し、アルダーフォートで争乱を引き起こしたのだ。大聖女だからと言って必ず信用に足る相手かというと、そうではないという事だ。

マッシュは念のためクロエには獅子の顔を晒《さら》さず、夜警の時もクロエと行動するアデル達とは班を分けるという名目で別行動にしていた。

それだけ警戒している、という事だ。

「今の所は何も……気にしすぎかも知れんが、気にするなと言うのも無理な話だ」

「ああ、全くアデルの言う通りだな。しかしこれでは、応援《おうえん》が来たのか何なのか分からないな」

「そうだな。私達としては、どうしてもクロエ殿も警戒してしまうからな。これならばテオドラ殿か、あるいは別の……あ、そう言えば彼女《かのじょ》が来る可能性もあったのか——」

口に出してふと、思い出す。

七大聖女は、塔《とう》の大聖女テオドラを筆頭に、戦の大聖女エルシエル、匠の大聖女クロエ、時を遡って以来、その三人と顔を合わせたのだが、アデルにはまだ知っている者がいた。

それも昔からの知り合い——幼馴染《おさななじ》みというやつだ。

時を遡る前は大聖女になっていたのだが、今はどうなのだろう？

前に彼女と再会をしたのは、ユーフィニア姫が亡《な》くなった後の大戦の最中だった。

この時代で既に大聖女になっているのだろうか？

「他に大聖女に知り合いがいるのか、アデル？」

「あ、ああ……今はどうなっているのか分からないが、その候補ではあると思う」

「ふむ……それほど優秀《ゆうしゅう》な聖女という事か？」

「ああ、エルシエルを凌《しの》ぐかもしれんと言われていたはずだ」

彼女は時を遡る前のアデルにとって敵ではなく、味方側の人物だった。

つまり、狂皇《きょうこう》トリスタンの率いる北国同盟と大戦を争った南邦連盟に属する聖女だったのだ。なので戦場で対峙《たいじ》する機会は無かったし、大戦中のアデルは味方と連携《れんけい》はせず単独行動だったので、一緒《いっしょ》に戦い力を目にする機会も無かった。

「それほどなのか。アデルはどうしてそんな聖女と知り合いなんだ？」

「簡単だ。同じラクール神聖国のアスタール孤児院で育ったからな」

「なるほど……孤児院上がりの聖女というわけか」

「ああ、名前はカティナだ。カティナ・アスタール。そして――」

そして、思い返せば大戦終結後、彼女は復興された新生ウェンディール王国の王妃《おうひ》になる予定の人物だった。

大戦により一度ウェンディール王国は滅《ほろ》び、ウェンディール王は帰らぬ人となった。戦火の中でアデルの主であるユーフィニア姫も亡くなってしまったが、元々国を継ぐはずだったユーフィニア姫の兄、ユリアン王子は生き残っていた。

そのユリアン王子を守り、支えていたのが、大聖女カティナ・アスタールだった。

二人は恋仲《こいなか》で、大戦が終結した後はユリアン王子が王位に就《つ》き国を復興し、それを王妃となったカティナが支え続けていくはずだった。

アデルが時を遡る直前の宴《うたげ》の席で、黒い鎧の剣聖《けんせい》アデルに声をかけ賞賛してくれていたのは、ユリアン王子――いやユリアン王だったのだ。

あの後アデルが時を遡っていなければ、近日中に新王ユリアンとカティナとの婚礼《こんれい》の儀《ぎ》式《しき》が執《と》り行われていたはずだ。

ユーフィニア姫を失い、仇《あだ》も討《う》ち目標も見失ってしまったアデルには、それを気にしている余裕は無く、時を遡らせてくれるという『見守る者達』の提案に、一も二も無く飛びついたのだが。

「そして？」

「いや……どうせならクロエ殿より彼女に来て貰《もら》ったほうが有り難かったな」

「そうだな、アデルの知り合いなら、きっと信用できる人物だろう」

「ああ、それは間違いない——が」

そういえば、と思い出す。

自分は時を遡った事により、体が女性のものになっている。

カティナは今のアデルを見てどう思うのだろう？

アスタール孤児院にいたアデル・アスタールは勿論少年だったのだ。

いきなり女性に変わっていては、当然不審《ふしん》がられるだろう。

場合によっては、何者かがアデルを殺して名を奪《うば》っている、というような疑いを持たれてしまうかも知れない。

「ううむ……ややこしい事になりかねんか。ならばクロエ殿のほうがマシなのか？　いやしかしユニコーンはな、あんなペガサスがもう一体増えたような者は到底《とうてい》受け入れられん」

「何だ何だ、マシってのは？　人を厄介者《やっかいもの》みたいに」

アデルの言葉に反応したのはマッシュではなく、クロエだった。

いつの間にか詰め所に姿を現していたらしい。

「く、クロエ殿!?　いや、済みません、何でもありません……！」

『四大国会議』の警護を手伝いにやって来たクロエは、当然王城に滞在《たいざい》しているのだが、クレア達《たち》駐留《ちゅうりゅう》聖女達の部屋を使っており、ここに姿を現す事は無かった。

マッシュも虚《きょ》を突《つ》かれて、慌《あわ》ててフードを深く被り顔を隠している。

「まあ、あんな下品でやかましいのが二頭になれば、辟易するのは分かるけどね。ユーフィニア姫《ひめ》は平気な顔してにこにこしてるけど、あれはよっぽど心が広いか、まだまだお子様なだけで意味が分かってないのか……まあなかなかな子だよね、あんたらのご主人様は」

「無論前者です！　ユーフィニア姫様《ひめさま》のお心は海よりも深く広く、我々を包み込んで下さいます！　いくらペガサス共が下劣であろうとも、見捨てずに更生《こうせい》なされようとする慈悲《じひ》の心をお持ちなのです……！　それに聖女としての才覚も抜群《ばつぐん》であり、あのテオドラ殿も驚《おどろ》いておられましたし、先日はテオドラ殿の教えで見事に聖塔の修復にも成功されておりました！」

「お、おう？　ユーフィニア姫の話になったら急によく喋《しゃべ》るね、あんた」

「私は仕えたいお方にお仕えする事を善しとしておりますので、お仕えするお方を心より敬愛しているのは当然です！　まだまだいくらでも、ユーフィニア姫の美点を挙げればきりがありません！　これから全てお聞かせ致《いた》しましょう！　さあどうぞ、そこにお掛《か》け下さい！」

「い、いや遠慮《えんりょ》しとくよ、また今度な。それより用があってあんたらを呼びに来たんだよ」

「用？　我々にですか？」

「ああ、百聞は一見にしかず――ユーフィニア姫の美点とやらも見せて貰うとしようか。夜回りのついでさ、さぁ街に行くよ」

「ならば喜んで……！」

アデルは強く頷《うなず》いて、クロエに付いていく事にした。

◆◇◆

そして一時間後――

アデル達は空から王都ウェルナの街を見下ろしていた。

ペガサスの背に乗っているのだ。

『むっちむち、むっちむち♪　美少女の尻《しり》に敷《し》かれるの最高～！　あ～気持イイイィィィッ～！　翼があってよかったあぁぁぁぁっ！』

「黙《だま》っていろ。汚い声を姫様のお耳に入れるな」

アデルは火蜥蜴の尾《サラマンダーテイル》を長く伸《の》ばしペガサスの口に巻き付け喋れなくする。

「ああ、助かるよ。気が散るからね」

クロエがアデルの行動に頷く。

「あ、あの～……あまり痛くはしてあげないで下さいね、アデル」

「ははっ！　大丈夫《だいじょうぶ》です姫様、加減はしておりますので！」

ペガサスの背に乗っているのは、アデルとユーフィニア姫、それにクロエだ。

マッシュやメルル達は地上で待機しているが、皆《みな》を集めたのはクロエである。

「よし、止まりな、ペガ」

「ペガさん、お願いしますね」

言われた通りに、ペガサスはその場に滞空《たいくう》して留まる。

「ここに一つ――」

言いながらクロエは、懐《ふところ》から取り出した輪状のものを眼下に投げ落とした。

その中央には、小さな神滓結晶《アニマけっしょう》が埋《う》め込《こ》まれているように見えた。

ならば術具なのだろうか。

ペガサスの真下は、王都ウェルナを流れるエルレ川だ。

投げ落とされた術具は川に沈《しず》んでいき、見えなくなる。

「よし、次はあっちだ、行きな」

「ペガさん、クロエ様のご指示の通りに」

「クロエ殿、今のは術具ですか？」

「ああ、そうだよ。あたしが作った――ね」

「何の効果の術具なのですか？」

「そうだな……漁かな」

「漁？　しかし、川魚を捕って食べるなどと仰るわけではないでしょう？」

「勿論そうさ。あ、次はここでいい。止まりな」

そしてクロエは、再び輪状の術具を下に落とす。

やはりそれもエルレ川に沈んでいく。

そして移動して、次も、その次も、クロエの術具はエルレ川に沈んでいく。

エルレ側は王都ウェルナの中央を通る本流から、王都内で支流がいくつか分岐《ぶんき》している
のだが、街から出て行く川の流れを全て潰《つぶ》していくような感じだった。

「クロエ様……川の中に何かが潜《ひそ》んでいるのですか？　『四大国会議』の脅威《きょうい》となるような何かが」

ユーフィニア姫が真剣《しんけん》な表情で問いかける。

「ああ、ユーフィニア姫。かも知れないって事さ。ニコのヤツが変な気配がするっつってさ。ペガは何も言ってなかったかい？　こいつら、こう見えてもそういう事には敏感《びんかん》だからね」

「アデル。あの、ペガさんを……」

「ははっ」

喋らせると鬱陶《うっとう》しいが、ここは仕方が無い。

アデルはペガサスの口に巻き付けて塞《ふさ》いでいた火蜥蜴の尾《サラマンダーテイル》を解く。

「どうだ。何か感じるか？」

『ああ、感じるぜ、めちゃくちゃ嫌《いや》な気配を！　クロエのねーちゃんのケツの下からだがな！』

つまりクロエの影《かげ》という事か。

影の中にいるのは――

『つせええぇんだよ、駄馬が！　調子乗ってんじゃねえぞオラアァァァッ！』

にゅっとユニコーンが首だけ出して、長い一本角でペガサスの首筋を突き刺《さ》す。

『いってぇぇぇっ！　アデルちゃん、アデルちゃん！　助けて！　馬鹿のせいで落ちる！落ちるうぅぅっ！』

「……ケルベロス」

アデルの指示で、アデルの影からケルベロスがにゅっと顔を出す。

『こんな事で我を喚《よ》ぶな。で、どちらを食い殺せばいいのだ？』

『『ひぃぃぃぃぃっ⁉』』

ユニコーンのニコのほうはサッとクロエの影に引っ込んでいく。

「ふざけるのは止めて、真面目にやれ」

「ペガさん、お願いします！」

『ん～？　う～ん？　確かに何か感じなくはねぇな……何かいそうだが、姿は見当たらねぇし。何とも言えねぇな』

「ふむ？」

「こいつらに見えないいって事は、つまりアレだ」

と、クロエは下を指差して見せる。

「川底に何かが潜んで、隠《かく》れている？」

「それを探《さぐ》ってみようってわけさ。よし餌《えさ》は撒《ま》いた、行くよ……！」

クロエの指示で、アデル達はエルレ川の中州《なかす》にある広場へと降り立った。

そこにマッシュやメルル、クロエに帯同してきた護衛騎士達《きしたち》も待機している。

残った皆で事前に周囲の人払《ひとばら》いは済んでいたようで、彼《かれ》等以外には見渡《みわた》す限り住民達はいない。

川の両岸から騎士達が集まって何事かと様子を窺《うかが》う野次馬達《やじうまたち》はいるが、距離《きより》としては十分離《はな》れているだろう。

「うん。人払いは出来てるみたいだし、こいつの設置も済んでるね。ご苦労さん」

クロエがそう労《ねぎら》いながら見上げるのは、中州に置かれた大きな扉だ。

野外に扉だけ置かれている光景は中々に奇妙《きみよう》で、野次馬《やじうま》も様子を見たがるわけだ。

扉の枠の上部には、翼《つばさ》や馬の頭部を模した意匠《いしよう》が施《ほどこ》されている。

そして複数の神滓結晶《アニマ》も。

先程《さきほど》クロエが川に撒いていた術具に埋まっていたものよりも遥かに大きく、握《にぎ》り拳《こぶし》大の大きく美しい宝石である。

「クロエ殿。これは？」

「術具——ですよね？」

ユーフィニア姫の問いかけにクロエは頷く。

「ああ勿論。天馬の門《ペガサスゲート》ってね。さっき川に沈めてきた子門で吸《す》い込んだものを、この親門から吐《は》き出すのさ」

「天馬の門《ペガサスゲート》……ペガさん達の神滓《アニマ》結晶を使った術具に、そんな効果が……ペガサスは本来、神々が異なる世界を渡《わた》る際の乗馬だと聞きましたが、その力で距離を超越《ちょうえつ》するという事ですか？」

「ああ、そうさ。術具の効果は神獣《しんじゅう》の特性に合わせて設計しなきゃ、意味がないからね」

「なるほど、川に何か危険なものが潜んでいるならこれで見つけ出せるというわけですね。しかしこれだけの神滓《アニマ》結晶を、武具にはしないのですね」

ペガサスはこう見えて上位の神獣だ。

その神滓《アニマ》結晶を使えば、強力な武具が作れるはずだ。

それは術具の性能としては、アデルの火蜥蜴の尾《サラマンダーテイル》を凌ぐだろう。

様々な形状を取れて便利だし、アデルは『錬気増幅法《ぞうふく》』で術具の性能を引き上げる事が出来るため、戦闘《せんとう》にも十分耐《た》えうるが、火蜥蜴の尾《サラマンダーテイル》自体は決して強力な部類の術具ではない。純粋《じゅんすい》な術具としての威力《いりょく》では、メルルの風妖精の投槍《シルフィードスピア》のほうが上だろう。

「フフッ。あんた、聖女っていうか騎士《きし》だねえ、考え方が」

「は。聖女の力を得たのはたまたまで、護衛騎士を志しておりましたので」

「そうだな、なら主を守るための武具を第一に考えるのは仕方が無い。ただ、天馬の門《ペガサスゲート》をさ、嵐《あらし》で船がやられちまった漁村とかに持って行ってやったらどうだい？　船が無くても魚が捕れて飢《う》えなくなるだろ？　自力で動くのが難しい年寄り達が、獲物《えもの》を捕るために使ってもいい。それも人を守るって事だろ？　そういう事のために使われる術具があってもいいはずさ。あたしは武具作りよりそっちの方が好きでね。まあ、やっぱり教団の連中や護衛騎士達は術具の武具を有り難がるもんだけどさ」

「なるほど。お話は良く理解できますが――」

ナヴァラ枢機卿の孫娘の割には随分《ずいぶん》とまともな事を言う。

人への配慮《はいりょ》など一切《いっさい》無く、笑いながら実験対象の剣闘士《けんとうし》奴《ど》隷達《れいたち》の命を弄《もてあそ》ぶのがナヴァラ枢機卿だ。

マッシュのように顔を魔物《まもの》のそれに変えられたり、アデルのように自然治癒《ちゆ》能力を強化した結果を試《ため》すためと言って目を潰されたり、そんな事は日常茶飯事《にちじょうさはんじ》だった。

そこまでの狂気《きょうき》じみた人間を見てきたアデルにとっては、ナヴァラの名を持つクロエに人道的な話をされると、どうしても違和感《いわかん》を覚えざるを得ない。

マッシュの様子を横目で窺うと、深く被ったフードの奥《おく》の瞳《ひとみ》が、困ったようにこちらを見つめている。

「素晴《すば》らしい事だと思います！　わたくしもクロエ様を見習って、多くの人々を助けられるような聖女になりたいと思います」

しかしユーフィニア姫は素直にその言葉に感銘《かんめい》を受け、憧《あこが》れの瞳でクロエを見ている。

「お？　そうかい？　興味があるなら、落ち着いたらアルダーフォートにおいでよ、あたしの工房《こうぼう》で術具作りを教えてやるからさ」

「はい、是非《ぜひ》お願いします」

「テオドラばーちゃんが聖塔建立《せいとうこんりゅう》のすごい才能があるって、あんたの事褒《ほ》めてたからさ。聖塔も術具の一つではあるから、きっと他の術具も上手《うま》く作れるさ」

「い、いえ。わたくしなどテオドラ様の足を引っ張るばかりで……」

「そんな事は御座《ござ》いません！　姫様は実にお見事に聖塔を修復なされておりました！　私など足下《あしもと》にも及《およ》ばぬお手並みは、並外れた才能の証で御座います！　間違《まちが》いありません！」

アデルはユーフィニア姫の背を押すように、強く頷きながら断言する。

先日の第七番聖塔の破損による未開領域発生事件では、ユーフィニア姫が大聖女テオドラの手解《てほど》きを受けつつ聖塔を修復した。

その後、それを応用して神滓《アニマ》の柱を発生させウォルフ・セディスの居所を明らかにする業を見せていた。

実は、ユーフィニア姫が第七番聖塔を修復し終えた後に、大聖女テオドラはアデルにも同じようにやり方を教え、実際にアデルもやってみたのだが、ユーフィニア姫のようには上手く出来なかった。

やはり純粋な聖女の力では、ユーフィニア姫の才能はずば抜《ぬ》けているのである。

アデルとしては、総合的にユーフィニア姫を守るのに十分な力さえあればそれで良く、ユーフィニア姫の聖女としての才覚が自分を遥かに上回っている事には、嬉《うれ》しさしか無い。

自分の敬愛する主が凄《すご》ければ凄い程《ほど》、単純に誇《ほこ》らしいではないか。

「あ、あはは……ありがとうございます、アデル」

アデルの勢いに若干《じやつかん》圧され、ユーフィニア姫は苦笑《くしよう》する。

「よし、じゃあ始めるよ……！　アデル、あんたそこの水中にでも何かでかい一撃《いちげき》をぶち込んでやりな。潜んでるヤツを脅《おど》かして、街から逃《に》げようとする所を小門で捕《つか》まえるのさ」

「承知しました、それならば得意分野です！」

アデルはクロエの指示に頷く。

「ユーフィニア姫、あんたは騎士達が使う聖域を頼《たの》む。あたしは天馬の門《ペガサスゲート》の操作に専念するからさ」

「はい、クロエ様！」

ユーフィニア姫は呼吸を整えすっと右手を高く掲《かか》げる。

「聖域よ……！」

そして展開される聖域の規模は、尋常《じんじょう》なものではなかった。

「おおおぉぉ……っ⁉　何だこの巨大《きょだい》な聖域は⁉」

「しかも万能属性《オールマイティ》⁉　なんて強い神滓《アニマ》なんだ。これならいつもより遥かに強力な術法が使えそうだ！」

クロエの護衛騎士達が、ユーフィニア姫の展開した聖域に驚きの声を発する。

「ひゅ〜っ！　こいつは凄いねえ、そりゃテオドラばーちゃんがあの子は見た事無いくらいの天才だって言うわけだわ」

クロエ自身も、驚いてそう声を上げていた。

「そうだろうそうだろう。姫様のお力は天にも届き、その名声はあまねく大地に轟《とどろ》くのだ！」

「おいアデル、あんた何をニヤニヤしてるんだよ、さっさと動きな！」

見咎《みとが》めたクロエに窘《たしな》められてしまう。

「む……⁉　これは失礼を」

「やれやれ。これは叱《しか》られても仕方ないな」

その様子を見たマッシュが嘆息《たんそく》していた。

「姫様が誉《ほ》められてる時が一番楽しそうだからね、アデルは……今一番気持ちよくなってる所だったのよ、きっと」

メルルも呆《あき》れたような視線をアデルに向けてくる。

「……ゴホン。済みません、クロエ殿《どの》。では、ご指示の通り。やるぞ、ケルベロス！」

（ああ、よかろう）

アデルはケルベロスに呼び掛けてから、自分の胸に強く手を当てた。

指先が胸の膨《ふく》らみを押《お》し潰す感触《かんしょく》。

その奥にいると感じられるケルベロスの存在に自分の『気』を全力で流《なが》し込む。

『気』とは人自身が持つ神滓《アニマ》だ。

だがそれを認識《にんしき》出来る者、いわゆる『気の術法』を活用出来る者は聖女以上に希少だ。

現在の四大国時代の遥《はる》か昔――聖王国時代の初代王をはじめ、歴史上の英雄達《えいゆうたち》がそれを扱《あつか》ったとされている。ただ、当然だが今となっては真偽《しんぎ》の程は分からない。

アデルも自分の他の使い手は、メルルの父親ウォルフ・セディス以外に見た事が無い。

時を遡《さかのぼ》る前を含《ふく》めてもそうだ。

そしてその英雄《えいゆう》の業を、聖女としての自分と一つになった神獣と組み合わせる事により
——歴史書の記載《きさい》にも無く、アデルも他に見た事も無い技術が完成する。

ゴオオオオオオォォォォッ！


アデルの身を膨大《ぼうだい》な炎《ほのお》が包み込む。夜空を灼《や》くような高い火柱が立ち上った。

「うおぉぉぉぉっ⁉　な、何だこれは⁉」

「凄《すさ》まじい神滓《アニマ》が凝縮《ぎょうしゅく》して⁉」

「アデル殿のあの姿は……⁉」

「うわっ⁉　な、何だこれは⁉　見た事も聞いた事も無いね。これがエルシエル姐さんを仕留めた力か……！」

火柱の中から現れたアデルの姿は、ケルベロスの獣《けもの》の耳を持ち、腰《こし》の後ろにはふさふさの尻尾《しっぽ》がゆらめいていた。

『神獣憑依法《しんじゅうひょうい》』はアデル自身と神獣の存在が同化し一つになる。

だから神獣の特徴《とくちょう》が、術者のアデルの身体に反映されるのだ。

「アデル！　可愛《かわい》いですよ！　とっても、とっても……！」

ユーフィニア姫が目を輝かせてアデルの姿を見つめている。

どうもユーフィニア姫は『神獣憑依法』で神獣と一つになったアデルの姿が、とてもお気に入りらしい。耳と尻尾が可愛くてたまらない、と言われたのだが、無論アデルとしてはユーフィニア姫が喜んでくれるのならば悪い気はしない。

「はっ……！　ありがとうございます、姫様！」

「少し後ろを向いてもらえますか？　尻尾のほうが見たいんです！」

「無論です姫様、どうぞお触《さわ》りになって頂いても結構ですよ」

「わぁ♪　ふさふさで柔《やわ》らかいし、お湯みたいに温かいですね。前も思いましたけれど、本当に気持ちがいいです……！」

「ははは。では、この尻尾でお体を持ち上げて差し上げましょう」

「はい！　お願いします！　きゃ～♪」

「こらーーーー！　何を遊んでんだあんたらは！　さっさとやれって言ってるだろ！」

クロエに怒鳴《どな》られて、アデルもユーフィニア姫もビクンと身を竦《すく》ませる。

「「す、済みません……！」」

ユーフィニア姫に喜んでもらえると、思わずアデルも嬉しくなって我を忘れてしまうのである。

「「……やれやれ」」

マッシュとメルルが大きくため息を吐いていた。

「では、気を取り直して！　はあああぁぁぁっ！」

アデルは右の掌《てのひら》をエルレ川の一番川幅《かわはば》が広そうなあたりに向ける。

掌の先に火球が生まれた。

赤でもなく、青でもなく、ケルベロスの一族に伝わるという黒い炎だ。

拳大《こぶしだい》の大きさで出現したそれは、見る見るうちにアデルの身長を超《こ》えるくらいに大きくなって行く。

「「す、凄まじいぞ……！」」

「「い、一体我等の術法何人分の炎だ⁉」」

クロエの護衛騎士達の驚嘆《きょうたん》を背に受けながら、アデルは生み出した黒い大火球を川底へと放《ほう》り込む。

ドシュウウウウウゥゥウンッ！

水中で炸裂《さくれつ》した火球が、巨大な水柱を吹《ふ》き上げる。

水を通して振動《しんどう》が、遥《はる》か遠くまで届くだろう。

「「おおおおぉぉぉぉっ⁉」」

「ははははっ。こりゃとんでもない威力だ。川に潜んでるやつがいりゃ、こいつは何事かってびびるだろうさ！」

その場に設置されたクロエの術具、天馬の門《ペガサスゲート》の扉が仄《ほの》かに光を帯びる。

「よーし、何か獲《と》れたかねぇ」

クロエが扉を開くと、そこには何か空気がうねるような渦《うず》が滞留《たいりゅう》しており、向こう側は見えない暗い色だった。

そしてそのうねりの中から、バシャンと水を跳《は》ねさせながら何匹《なんびき》もの川魚が飛び出してくる。

「ただの魚ですねえ」

それを見たメルルが、少々拍子抜《ひょうしぬ》けしたように言う。

「ま、これが本来の使い方に近くはあるんだがね。何もないなら結構な事だけど……アデル、もっと続けてくれ！」

「承知しました、クロエ殿！」

アデルは次々と黒い大火球を放ち、エルレ川に巨大な水柱を何本も打ち立てて行く。

それに驚いたのか、確かに魚達が次々と子門に捕《と》らえられ、親門から吐き出されてくる。

「おい、ユニ、ペガ！　どうだい、あんたらが感じた気配に変化はあるか？」

クロエがユーフィニア姫のペガサスと、自分のユニコーンに向けて問いかける。

『んー？　ってかこんなドカドカやられたら分かんねえよ、クロエ』

『ケッ。駄馬《だば》は自分の無能をアデルちゃんのせいにしやがる、こんなもん上から見りゃ分かるっつーの！』

『あぁ⁉』

「だったらさっさと行きな！　サボってんじゃないよ！」

『無駄無駄《むだむだ》！　あんな駄馬、ぶち殺して神滓《アニマ》結晶にして、そこの術具に合体させたほうがまだマシだっつの！』

「ニコ！　あんたも無駄口叩《むだぐちたた》いてんじゃないよ！　分からないなら分かるように水に潜《もぐ》ってでも探っておいで！」

クロエが二頭を追っ払《ぱら》うように指示を飛ばす。

『『へ、へーい！』』

そんな光景を横目に見ながらも、アデルは火球を水中に放ち続けていた。

が、ふと気がつくと炎の収束が悪くなり、火球を形成する前に消失してしまった。

「む？　どうしたケルベロス？」

『仕方あるまい、いくら何でも乱発し過ぎだ。我の炎も無限ではないのだぞ』

ケルベロスの抗議《こうぎ》が、アデルの頭の中に響《ひび》く。

「そうか確かに何度も打ち過ぎたか、済まんな。少し休んでいてくれ」

ケルベロスの疲労《ひろう》感はあまりアデルには伝わらないので、分からなかった。

確かにこれほど黒い炎の火球を連打した事は今までなかったため、無理も無いだろう。

しかし一度『神獣憑依法』を行うと暫《しばら》く体は元に戻《もど》らないため、ケルベロスにはこのまで休んで貰う他無い。

「クロエ殿。ケルベロスは少々疲労してしまった様子です。しばし休憩《きゅうけい》を」

「ん。仕方ないか」

「アデル。俺《おれ》が代わろう、あの黒い炎には及ばないがな」

そうマッシュが申し出る。

「ああ、あの手だな。頼むぞマッシュ」

『気』の力で術具の性能を強化する『錬気増幅法』を応用して、マッシュの放つ炎の鳥の術法を強化する手だ。ウォルフ・セディスと戦う最中に、偶然《ぐうぜん》編み出したものである。

元々は術具の力を高めるためにアデルが編み出した『気』の術法だが、神獣と連携すれば『神獣憑依法』になるし、マッシュのような術法の使い手と協力すればその威力を引き上げる事も出来る。

『気』とは幅広《はばひろ》く様々な事に応用出来る力なのである。

まだまだアデルの気づいていない使い方もあるかも知れない。

アデルはマッシュの肩《かた》に手を置き、『錬気増幅法』の要領で『気』を流し込む。

「よし、行くぞッ！」

マッシュが術印を切り、炎の鳥の術法を発動させる。


ギュオオオオォォッ！


マッシュの放った炎の鳥は普段《ふだん》より一段二段大きく、色自体も高温の蒼《あお》い炎と化す。

「わ！　普段のマッシュの術法と違《ちが》う！」

メルルも初めて見たため、驚きの声を上げている。

蒼い炎の鳥は水面を暫く滑空《かっくう》してから川底に飛び込み、弾《はじ》け飛ぶと大きな水柱を立てる。

それは先程の黒い火球程ではないが、十分に見上げる程大きい。

かなりの威力を持っている証だ。

アデルの見立てでは、アデル単体で気を溜《た》め込み、火蜥蜴の尾《サラマンダーテイル》を巨大な炎の刃《やいば》とする全力の一撃に匹敵《ひってき》するだろう。

だが、同じ威力にしてもアデルの『気』の消耗《しょうもう》は通常の『錬気増幅法』と同じ程度で格段に抑《おさ》えられる所がこの技の利点だ。

マッシュのほうの消耗も、普段の炎の鳥の術法と同じであり、二人で協力する事により単純に威力だけが高まるわけだ。

「おっ！　いいね、十分だ。続けな！」

クロエがそう声を掛けてくる。

マッシュは言われた通りに蒼い炎の鳥の術法を連発していく。

「あんた、それ軌道《きどう》の操作はできるよな？　あっちとあっちと、あっちにもだ！」

クロエが四方八方を指差しマッシュに指示を飛ばす。

「ええ、やってみましょう！」

指示通りに、遠く離れた川のあちこちにまで、炎の鳥を飛ばすマッシュ。

そしてどんどんと、天馬の門《ペガサスゲート》は川魚や亀《かめ》や水鳥など、川の生き物を吐き出していく。

「ふう。こんなものでどうだ……⁉」

そしてマッシュが一息をついた時――

バシャンッッッ！

水の中から何かが立ち上がって来た。

『てめぇコラ！　殺す気かぁぁぁぁっ⁉　俺のケツ掠《かす》ってんだろうが！　見ろこの野郎《やろう》！　尻尾が焦《こ》げちまっただろうがあああぁぁぁぁぁぁぁぁぁッ！』

ユニコーンだった。

意外と律儀《りちぎ》にクロエの指示通り水に潜りに行き、マッシュの術法が掠めたらしい。

確かに尻尾が少々焦げており、怒《いか》りの声を上げながらマッシュに詰《つ》め寄っていく。

「な、何だ⁉　アデル、何て言ってるんだ？」

しかしマッシュには神獣の声は聞き取れない。

神獣の声を聞けるのは、聖女だけである。

「ああ、術法が掠めたらしいな。それで怒《おこ》っているようだ」

どうせなら直撃《ちょくげき》していればいいものを、と少々思ったが口には出さないでおいた。

「そ、そうか……それは済みませんでした」

マッシュは頭を下げるのだが、ユニコーンの腹の虫はそれでは治まらないようだ。

『あぁん!?　謝《あやま》るならそれなりの態度ってモンがあるだろうが！　顔も見せずによぉ？　大体てめぇくっせぇんだよ、魔物くせぇ！　ちゃんと風呂《ふろ》入ってんのかボケが！』

言いながら長い角をひっかけ、マッシュが目深《まぶか》に被《かぶ》ったフードを捲《まく》り上げる。

「「あっ！」」

アデルとマッシュは同時に声を上げる。

『おぉっ!?　ほ、ほ～……お洒落《しゃれ》な頭してんなぁ、最新のファッションか？』

若干たじろいだ様子のユニコーンだった。

そしてそのマッシュの魔物の顔は、当然クロエの目にも入ってしまった。

「あ、あんた、それは……!?」

と、クロエが言うと同時に、天馬の門《ペガサスゲート》全体が激しく輝《かがや》き始め、更《さら》にガタガタと震《ふる》え始めた。

「く、クロエ様！」

「天馬の門《ペガサスゲート》に異変が！」

「あ、ああ！　これは大物がかかったね。ただの魚の類いじゃない！」

「という事は、やはり何かが潜んでいたか」

「ああ、そのようだな――！」

クロエもマッシュに構っている暇《ひま》はなかっただろう。

後でどう誤魔化《ごまか》すかは考え物だが、今はそちらへと注意を向けるしかない。

しかし一拍《ぱく》置いても、天馬の門《ペガサスゲート》は震えるばかりで何も現れない。

「何も来ない？」

「いや、大物過ぎて通れないだけだ。このままじゃ逃げられるね」

「では、どうします？　直接こちらから向かいますか？」

アデルの問いに、クロエは首を横に振《ふ》る。

「いや、見てな！」

と、クロエは自ら術印を切り始める。

術法を使うための呪文《じゆもん》を省略し、これだけで済ませる短縮の技法だ。

聖女は自分が聖域を展開する間は、術法を行使する事は出来ない。

自分の聖域を自分では使えないという事だ。

が、他の聖女の聖域を利用して術法を行使する事は可能である。

今は聖域を周囲に展開しているのはユーフィニア姫だ。

その聖域を利用してクロエは術法を使っている、という事である。

戦いにおいては聖域を維持《いじ》し、周囲の護衛騎士に力を与《あた》え、また自らの神獣で自分を守ればいいため、聖女にとって術法の扱いは必ずしも身に付けるべきものではない。

ユーフィニア姫も特に術法の修練はしていない。

エルシエルなどは戦の大聖女の名の通り、術印どころか二種の術法を同時に発動したり、そもそも自分の聖域で術法を使っているようにしか見えなかったりと、術法に関しても桁《けた》違《ちが》いの腕前《うでまえ》を誇っていた。

クロエもエルシエル程ではないかも知れないが、自ら術法を操《あやつ》る事に長《た》けているらしい。

術印を切ったクロエの掌から光が生まれると、それが天馬の門《ペガサスゲート》に埋め込まれた神滓結晶《アニマ》に吸い込まれていく。

すると元々大きな扉《とびら》だった天馬の門《ペガサスゲート》がぐんぐんと、大きく拡大していく。

「門が大きく⁉」

「あたしの術具は、術法で神滓《アニマ》を注《そそ》ぎ込む事で更に威力を増すように出来てるのさ。特別な術法だけどね」

術具というのは、それ自体が神獣の神滓《アニマ》結晶を源とする力を持ち、聖域の有無《うむ》や使用者の術法の力量に関わらず、一定の力を発揮するものだ。

誰《だれ》がどこで使っても同じ威力になるのが利点でもあり、限界でもある。

クロエの術具は通常の動作に加えて、特殊《とくしゅ》な術法を受ける事で更に威力を増す事も出来るらしい。

聖域と術法を掛ける術者は必要だが、アデルの『錬気増幅法』に似た効果を発揮する余地を、術具の側に組《く》み込んであるという事だろうか。

そんな術具の話は聞いた事がない。さすが匠《たくみ》の大聖女、といったところか。

「ようし、出てきなっ！」

天馬の門《ペガサスゲート》の開け放たれた扉の中から、巨大な影が飛び出してきた。

「「「おおおぉぉぉっ⁉」」」

「「こ、これは！」」

宝石のような美しい青い鱗《うろこ》に覆《おお》われた、巨大な竜《りゅう》だった。

魔物の瘴気《しょうき》ではなく、神獣の神滓《アニマ》を放っている。

この向かい合った時の気配や唸《うな》り声――アデルの記憶《きおく》の中にある。

「これは青竜《せいりゅう》っ⁉」

「ああ！　エルシエル姐《ねえ》さんの四神だ！」

アデルの言葉にクロエが頷《うなず》く。

ケルベロスが言っていたが、四神と言うのは、ケルベロスやユニコーンのように他に同種を持たない固有の存在だとの事だ。

つまりこれは、ほぼ間違いなくエルシエルの神獣であった青竜であり、青竜がこの場にいるという事は――

「ならば奴《やつ》は、エルシエルは生きている⁉」

ナヴァラの移動式コロシアムから脱出《だっしゅつ》した後の未開領域と、アルダーフォート、更には時を遡る前の大戦の戦場でも斃《たお》しているはずが、まだ生きているというのか。

「ああ。あんたがアルダーフォートでエルシエル姐さんを斃した後も、姐さんの目撃《もくげき》情報があったんだよ、実際に会ったって言う聖女もいる！　だから聖塔《せいとう》教団も姐さんが生きてて、『四大国会議』に向けて何か仕《し》掛《か》けてくるかもって警戒《けいかい》したんだ……！」

「なるほど、それでクロエ殿を」

「元とはいえ大聖女が各国のお偉方《えらがた》を傷つけでもすれば、教団が四大国から一斉《いっせい》に睨《にら》まれる事になりかねないからね。教団としても、離反《りはん》したエルシエル姐さんは厄介者《やっかいもの》なのさ」

ガアアアアアアアアッ！

青竜は唸り声と共に巨大な腕《うで》と爪《つめ》で、アデルや横にいるクロエを纏《まと》めて叩《たた》き潰そうと振り下ろしてくる。

「クロエ殿、お下がりをっ！」

アデルはクロエを待避《たいひ》させつつ、青竜の攻撃《こうげき》に対峙《たいじ》する。

自分が避《よ》けてしまえばクロエに当たる。

それは避《さ》けねばならない、ならば取れる手は限られている。

アデルは火蜥蜴の尾《サラマンダーテイル》で大形の炎の刃を形成し、青竜の攻撃を受け止めにかかる。


バヂイイイインッ！


蒼い炎の刃と硬《かた》い鱗に覆われた青竜の指先がぶつかる。

鱗が焦げ付く嫌な臭《にお》いが漂《ただよ》うが、青竜は特に気にした様子もない。

痛みを感じる程ではないという事か。

そのままアデルを押し込《こ》もうと、力を加えてくる。

凄まじい力だ。同じ四神の白虎《びゃっこ》や玄武《げんぶ》の攻撃に遜色《そんしょく》ない。

あるいは力では上回る可能性もあるだろうか。

「済まないね……！　あんたよくそんなの受けられるな……！」

クロエはアデルの言う通り後ろに下がりながら、感嘆《かんたん》の声を上げる。

「姫様《ひめさま》の御身《おんみ》をお守りするべく、鍛《きた》えておりますので！」

ガアアァァァアッ！


青竜はもう片方の腕も振り上げ、アデルに叩きつけようとする。

「避けろ！　あたしはもう大丈夫《だいじょうぶ》だから！」

「いや！　その必要はありませんッ！」

逆だ。押し込む！

青竜の追撃《ついげき》が放たれる前に、アデルは火蜥蜴の尾の刃《サラマンダーテイル》を押し込み青竜の腕を撥《は》ね上げた。

それにより青竜は後ろに仰《の》け反《ぞ》るように姿勢が崩《くず》れ、追撃を放てなくなる。

そして青竜が姿勢を立て直した瞬間《しゅんかん》、アデルの姿は青竜の視界から消えている。

既《すで》に青竜の懐《ふところ》まで踏《ふ》み込んでいたのだ。

「こちらだ！」

言いながら、アデルは青竜の腹に蹴《け》りを叩き込む。

その威力で青竜の巨体《きょたい》が浮《う》くように吹き飛び、川の浅瀬《あさせ》に背中から倒《たお》れ込んだ。

「「え、エルシエル様の四神を！」」

「「ああも簡単にあしらえるものなのか⁉」」

クロエの護衛騎士達が、目を丸くしている。

普段のアデルならば、こんなにも簡単に行かないのは確かだろう。

だが今は、先程発動した『神獣憑依法』の効果中だ。

アデルの身にはケルベロスの獣耳と尾が現れている。

ケルベロス自体は力を使い過ぎて疲弊《ひへい》してしまったため、黒い炎は使えないが、基本的な力、身体的な能力は元の状態とは比較《ひかく》にならない程強化されている。

『神獣憑依法』の効果が無ければ、そもそも青竜の攻撃を真っ向受け止める事も難しかっただろうし、そもそもそういう選択《せんたく》をしなかっただろう。

同じエルシエルの四神、白虎と相対した時は今のような状態ではなかったため、攻撃を受けずに避けて戦ったものだ。

「さぁお前の主は、エルシエルはどこにいる……⁉」

今度こそ決着をつけ、二度とユーフィニア姫《ひめ》の目の前に現れる事が出来ないようにしてやろう、と思う。

しかし青竜はアデルの問いかけには応じず、代わりに大きく口を開いた。

そこから、白く輝くような猛烈《もうれつ》な吹雪《ふぶき》が撒き散らされる。

ユーフィニア姫達《ひめたち》やクロエのほうも巻き込むような広範囲《こうはんい》だ。

「やらせんっ！」

火蜥蜴《サラマンダーテイル》の尾の刃を双身《そうしん》に。

そして両方の刃を長く伸《の》ばす。

それをぐるぐると高速で回転させ、吹雪から全員を守る盾《たて》と化す。

アデルの視界の全面が、回転する蒼い炎の刃と白い吹雪に包まれ、何も見えなくなる。

暫くそのまま鬩《せめ》ぎ合い、そして白い吹雪が途切《とぎ》れた瞬間、炎の刃の向こう側に見える青竜は、身を翻《ひるがえ》して深い川底へと飛び込もうとしていた。

「むっ⁉」

アデルは一足飛びで、青竜の元に飛び込む。

足下の河原の岩を砕《くだ》く程の強烈《きょうれつ》な踏み込みは、一瞬《いっしゅん》でアデルを青竜の目の前に肉薄《にくはく》させていた。

同時に振り下ろす火蜥蜴《サラマンダーテイル》の尾は鞭《むち》状に長く伸び、青竜の巨体に絡《から》まりつく。

水中に逃《のが》れようとしていた青竜を、間一髪《かんいっぱつ》で捕らえる事に成功した。

「逃がさんぞッ！　エルシエルの元に案内してもらおう！」

強く火蜥蜴《サラマンダーテイル》の尾を引っ張り、青竜を引き戻そうと力を込める。

が、巨体を引っ張る手応えがなかった。

『エルシエルは、常に我等と共に――』

青竜の声が聞こえた。

と同時にその姿自体がかき消えて黒い影《かげ》のようになり、そのまま消失してしまった。

「何っ⁉　これは……！」

「エルシエル姐さんが、神獣《しんじゅう》を自分の影に戻したんだね」

「不利を悟《さと》った、という事ですか」

「そうだね、あわよくばあたしらを斃しちまおうと思ったんだろうけどね」

「ならば奴も、戦況《せんきょう》を把握《はあく》できる所にいる可能性が！　クロエ殿！」

「よし、皆《みな》、散開してエルシエル姐さんを捜索《そうさく》！　見つけたらすぐに合図を！」

「「ははっ！」」

クロエの指示で、護衛騎士達《きしたち》がそれぞれの方向に散っていく。

「ユーフィニア姫は、聖域の維持をそのまま頼むよ。あんたのドデカい聖域なら、うちの騎士達がどれだけ散っていっても大丈夫だ」

「はい、クロエ様。承知しました」

ユーフィニア姫は凛《りん》とした表情で、クロエの言葉に頷く。

「アデル！　俺達《おれたち》も行こう！　メルル、姫様を頼むぞ！」

「ああ」

「うん、わかった、マッシュ！」

アデルとメルルは頷いて行動を始めようとするが――

「待ちな！」

と、クロエに制止を受ける。

マッシュを見る目は鋭《するど》く、そして厳しかった。

「あんたさっき見えたあの顔は、魔物《まもの》の……!?」

やはり覚えていた様子だった。

マッシュとしてはエルシエルの捜索を行いつつクロエから距離《きょり》を取り、先程《さきほど》魔物の顔を見られたのは有耶無耶《うやむや》にしてしまおうと思ったのだろうが。

しかしクロエは見逃《みのが》してはくれなかった。

「は、はぁ。そうですが」

「もう一度、見せな！　いや、見せてくれ」

クロエはマッシュの目の前に詰め寄る。

「え、ええ」

マッシュは再びフードを目深に被り顔を隠《かく》していたが、クロエの言葉に従い顔を露《あら》わにする。

「やっぱり！　こ、こんな……」

クロエがマッシュを見る目には、怒りすら込められているように見えた。

「あ、あのクロエ様！　マッシュはこのような姿をしていますが、性格も穏《おだ》やかですし、実力も確かで、護衛騎士《きし》として相応《ふさわ》しい人物であるとわたくしは……！」

クロエがマッシュを護衛騎士としている事を問題視している、とユーフィニア姫は思ったのだろう。

マッシュを庇《かば》うように、クロエとマッシュの間に立ってくれた。

確かに魔物《まもの》というものは、未開領域の瘴気から生まれる存在であり、人々を脅かす存在だ。聖女にとっては戦うべき、排除《はいじょ》すべき存在である。

ユーフィニア姫や大聖女テオドラはマッシュの存在を特に問題視しなかったが、問題視する者がいても不思議ではない。

しかもクロエは、マッシュを魔物の、獅子《しし》の頭にしたナヴァラ枢機卿《すうききょう》の孫娘《まごむすめ》だ。

それがどういう反応を見せるかは読めなかったため、アデルもマッシュも警戒していたのだが。

「あ、いや。ごめんよ、ユーフィニア姫。別に怒ってるわけじゃないんだ、むしろあんたの懐の広さに感謝してるよ。だってそうだろ？　こんななりにされちゃ、どこも気味悪がって仕官なんてさせてくれないよ。アルダーフォートでだって怪《あや》しいだろうさ」

「い、いえ、わたくしは——ですが、感謝とは？」

「だってそうだろうさ、きっと身内が関わってる事だろうからね」

「身内？　ご家族が？」

ユーフィニア姫が首を捻《ひね》る。

「ああ、マッシュって言ったな。あんた、うちのじじいに……ナヴァラ枢機卿にそれをやられたんだろう？　ナヴァラの移動式コロシアムで」

「ええ、ご推測の通りです」

ここまで言われてしまえば、隠し立ても出来ないだろう。

マッシュも素直《すなお》にクロエの問いに頷いていた。

「良く出られたもんだ。じじいが実験台を手放すとは思えないけどな」

「アデルのおかげです、アデルがいてくれなければ、私も部下達《たち》もあそこから出られずに命を落としていたでしょう」

「い、命を落とす？　ナヴァラの移動式コロシアムとは何なのです⁉」

「うちのじじいが支配してる、巨大な実験場さ。人身売買やら人さらいやらで実験体を集めては、このマッシュみたいに、体の一部を魔物のものに変えちまったり、とても表に出せないような事をやってんだよ。生き残りのこいつらはまだ運がいいよ。実験の失敗で何十倍、いや何百倍もの犠牲者《ぎせいしゃ》が出てるはずさ」

「えぇぇっ⁉ そ、そんな所にアデルもマッシュも……⁉」

「傭兵《ようへい》として各地を旅してるって言ってたのは……？」

「済まんメルル、あの時は他に説明のしようが無かった。あそこから脱出した直後で、エルシエルにも追われていたからな」

「な、なるほどね……それで、傭兵団にしても統率《とうそつ》取れてないわけだわ」

「で、ですがクロエ様、聖塔教団の枢機卿がそのような事をしていて、どうして問題にならないのですか？ そんな事、許していいはずがありません」

ユーフィニア姫の問いにクロエは力無く首を振る。

「上層部は――教皇庁は見て見ぬふりだよ。つまり黙認《もくにん》さ。聖塔教団だって表の顔もあれば裏の顔もあるって事さ。決して綺麗《きれい》なばっかりの組織じゃないんだ。仮にも大聖女であるあたしが言うのもなんだけどね」

「そ、そんな……」

ユーフィニア姫は目を伏《ふ》せ、俯《うつむ》いてしまう。

心優《こころやさ》しいユーフィニア姫がこんな話を聞かされて、心を痛めないわけがない。

だが自分達の出自はユーフィニア姫にもいつか打ち明けるべき事だった。

だからこれで良かったのかも知れない。

そんな事を思っているうちに、クロエがマッシュやアデルに向けて深く頭を下げていた。

「すまない！」

しかもその場で立って頭を下げるのではなく、膝《ひざ》を折って地面に座《すわ》り込む土下座だった。

「「く、クロエ殿《どの》……!?」」

その行動にはアデルもマッシュも驚《おどろ》いてしまった。

「あたしはうちのじじいが何やってるかを知りながら、止められもしない！　あのコロシアムにある実験用の術具には、きっとあたしが開発したものだって使われてるのに……」

アデルは困惑《こんわく》してマッシュを見たが、マッシュも困惑してアデルの方を見ていた。

「と、とにかくクロエ殿、お顔を上げて下さい」

「え、ええ。アデルの言う通りです」

促《うなが》されて顔を上げたクロエの瞳《ひとみ》には、涙《なみだ》が滲《にじ》んでいるようにさえ見えた。

その様子を見ていると、アデルもマッシュも、このクロエは祖父であるナヴァラ枢機卿とは大分違うのではないか、と思い始めていた。

信用出来る人物かも知れない――そう感じるのだ。

「許して欲《ほ》しいとは言えない。けど、あたしに出来る事をさせてくれ！　あんたのその魔物の顔を元に戻せるように、あたしにチャンスをくれ……！　頼《たの》む！」

クロエはもう一度、深々と頭を下げる土下座の姿勢になってしまう。

「わ、分かりましたクロエ殿。ですからとにかくお顔を上げて立って下さい、なあ、アデル？」

「そうですクロエ殿。私達はクロエ殿に責任を負わせようとは思っておりません」

「あ、ありがとう……！　じゃあ、今回の件が終わったら特にマッシュ、お前の事を調べさせてくれ。元に戻す糸口を掴《つか》むには、まず現状を把握する事が大事だからな。お前の状態は、特に奇跡的《きせきてき》に珍《めずら》しいとあたしは思うよ、頭をまるごと魔物のものにして、普通《ふつう》は生きていられないからな」

涙を拭《ふ》いて立ち上がり、クロエは微笑《びしょう》を見せる。

その笑顔《えがお》の雰囲気《ふんいき》が、何だか楽しんでいそうに見えなくもない。

「よ、よろしくお願いします。だ、大丈夫だよな？　アデル？」

「あ、ああ……多分な」

　頷いてから、アデルはユーフィニア姫の前に跪《ひざまず》く。

「姫様。ここで申し上げた事が事実です。我々はナヴァラの移動式コロシアムを逃《に》げ出した剣闘士奴隷《けんとうしどれい》であり、各地を放浪《ほうろう》する傭兵ではありませんでした。出自を偽《いつわ》った事、如何《いか》様《よう》にも責めを負います！　申し訳ございません！」

　跪きながら見上げたユーフィニア姫は、何かを堪《た》えるような厳しい顔をしていた。

　あまり見た事のない顔だ。時を遡《さかのぼ》ってからの、まだ幼いユーフィニア姫としては。

　時を遡る前のユーフィニア姫の顔は、アデルは見た事がないため分からない。

　大戦が起きてその終結のために各地を駆《か》け回るようになってからは、こんな雰囲気を漂わせている事は多かったが。あの時もこんな表情をしていたのだろうか。

「………………」

　ユーフィニア姫は何も言わず、じっとアデルの方を見つめている。

「お、お怒り……でしょうか？」

「ええ、怒っています」

「な、ならば何卒《なにとぞ》ご処分を！」

　そう言った瞬間、ユーフィニア姫は跪くアデルの頭をぎゅっと胸に抱《だ》きしめていた。

「そんな事はしません！　怒っているのはわたくし自身にです……！　アデルやマッシュ

の辛《つら》かった事を何も分からず、頼《たよ》ってばかりでごめんなさい……！　何もしてあげられずにいて、ごめんなさい……！」

ぽとり、ぽとり、とアデルの頬《ほお》に何かが落ちてくる。

それは、ユーフィニア姫の涙だ。

頬に落ちてくるこの濡《ぬ》れた温かさには、とてもよく覚えがある。

時を遡る前、ナヴァラの移動式コロシアムに囚《とら》われたアデルが、ユーフィニア姫に救い出して貰《もら》った時と同じだ。

あの時もユーフィニア姫は、アデルの状況《じょうきょう》を見て涙を流してくれた。

今も昔も、ユーフィニア姫はアデルのために泣いてくれるのだ。

「ああ……姫様……！　姫様あああぁぁぁぁぁっ！　申し訳ございません！　私などのために勿体《もったい》ない！　うううううううううっ！」

アデルも感激の涙で前が見えない。

思わずこちらからもユーフィニア姫に抱きついてしまい、二人で抱き合って涙を流した。

これまでもそうすると決めていたが、改めて決意する。

この主に、ユーフィニア姫に、一生ついていく、と。

自分の全身全霊《ぜんしんぜんれい》を以《もっ》て、今度こそユーフィニア姫には幸せな人生を最後まで歩んで貰うのだ。

「……ふふっ。アデルの方が沢山《たくさん》泣いていますね？　大丈夫ですか？」

「は、はい……！　ううっ。うううううう……！」

結局落ち着くまでユーフィニア姫に背中を擦《さす》って貰っていたので、アデルはエルシエルの捜索には参加出来なかった。

先に捜索に行ったクロエの護衛騎士達も見つける事は出来ず、取り逃す事になってしまった。

だがクロエが信頼《しんらい》出来る人物だと分かった事、ユーフィニア姫に伝えられていなかった話を伝えられた事は大きいだろう。

その後クロエとは完全に連携《れんけい》を取れるようになり、更にクレア達ウェルナ王城の駐留《ちゆうりゆう》聖女達も全て動員して警備を増強する事になった。

その甲斐《かい》あってかその後は特に異常なく過ぎて行き、『四大国会議』ももう目前。

そろそろ各国の国主達が到着《とうちやく》する頃《ころ》だ。

そんな中——真っ先に王都ウェルナに到着したのは、トーラスト帝国《ていこく》の一団だった。

先頭の馬に乗る人物は、王都に入る門前の出迎《でむか》えの中にアデルの姿を見つけると、嬉《うれ》しそうに笑顔を見せた。

「アデル殿っ！　お久しぶりです！」

飛び降りるようにして馬から降りて駆け寄ってくるのは、トーラスト皇太子のトリスタンだった。

「ああ懐《なつ》かしいです！　アデル殿、お変わりはありませんか？」

懐かしいという程《ほど》久しぶりではないような気がするが。

前回の未開領域やシィデルの街での事件から、まだ二ヶ月ほどだ。

「トリスタン殿下《でんか》――は。特に変わりはありませんが」

「そ、そうですね。相変わらずアデル殿は、その……お、お綺麗……」

何か奥歯《おくば》に物が挟《はさ》まったような物言いだが、それよりもアデルとしても聞きたい事がある。

「殿下……！　それよりも、何故殿下《なぜでんか》までお越《こ》しになったのですか？　予定には無かったかと存じますが？」

トリスタンの腕は確かなのだが、まさかトーラストの皇太子を警備に駆り出すわけにも行かず、警備の戦力が増えたというよりも、絶対に傷つけてはならない要人が一人増えたと見做《みな》さざるを得ない。

ただでさえ警備の手は足りていないのに、これ以上不測の事態は御免被《ごめんこうむ》りたい所だ。

「そ、それはその、是非《ぜひ》アデル殿にお会いしたいと――」

「はあ？　そのような事のために？」

と、問いかけると、トリスタンは何だか悲しそうな、慌《あわ》てたような顔をする。

「い、いや大事な事だと思うのですが!?　というよりも、事前にお手紙でお知らせしたかと思いますが、もしやまだご覧には……？」

「え？　どうでしたか——そういえば何か届いていたような、いなかったような？」

　特に青竜を発見してからは警備に根を詰めていたので、気にしている暇が無かったのだ。

「申し訳ありません、殿下。ともかく十分ご注意を。大きな声では言えませんが、奴が……エルシエルが潜《ひそ》んでいるかも知れません」

「ええっ⁉　エルシエル殿が……⁉　亡《な》くなったのでは⁉」

「ええ、そのはずでしたが、どういうわけか生きているようです。奴と盟約する四神の一体である青竜が、つい先日このウェルナに潜んでいるのを発見しました。『四大国会議』を狙《ねら》って、奴が動いてくるかも知れません」

　特にトリスタンは、時を遡る前は狂皇《きょうこう》トリスタンとまで呼ばれ大戦を引き起こした張本人である。

　元々の人格が極《きわ》めて善良な好青年である事は理解しているし、その豹変《ひょうへん》の切っ掛《か》けはトリスタンがエルシエルと行うはずだった外縁《がいえん》の未開領域への遠征《えんせい》が中止になった事により回避《かいひ》されたと思っていた。

　が、ここで『四大国会議』に訪《おとず》れてしまったトリスタンが、エルシエルと接触《せっしょく》してしまう事により、やはり狂皇トリスタンへと変わっていく契機《けいき》となってしまうかも知れない。

　アデルに時を遡らせてくれた『見守る者達』の少年も、人の運命とは強制力を持ち、結局は同じ結果に陥《おちい》りやすいと言っていた。

トリスタンとエルシエルが接触するのは、危険な気がするのだ。

もう一度狂皇《きょうこう》トリスタンが誕生した場合、時を遡る前と同じ気持ちでは戦えないだろう。

もうトリスタンが本来どういう人物であるかを知ってしまったのだから。

「エルシエルは危険です。特にユーフィニア姫様と、トリスタン殿下にとっては。ですから殿下には、あまりここを訪れては欲しくなかったというのが正直な所です」

「アデル殿！　では、私の身を案じて仰《おっしゃ》って下さったのですか!?」

「ええ、まあ。失礼ながら殿下はお人柄《ひとがら》が清廉《せいれん》であるが故に、あのような狡猾《こうかつ》な者に騙《だま》されはしないかと、愚考《ぐこう》を致《いた》しております」

「ありがとうございます！　私を清廉だと仰って下さるのですね！」

トリスタンは何故《なぜ》か喜んで、ぱっと顔を輝かせている。

「え、ええと……」

言いたかったのはそこではないのだが。

とにかくエルシエルには注意するように気を引き締《し》めて貰いたいのだが、伝わっているのだろうか？

思慮《しりょ》深《ぶか》いトリスタンらしくなく、何だか妙《みょう》に浮かれているように見える。

少し前に顔を合わせたばかりなのに、何がそんなに嬉しいのか。

と、トリスタンの後ろから、やや老齢《ろうれい》の域に差し掛かった小柄《こがら》な男性が、ひょこんと顔を覗《のぞ》かせる。

「ほほう！　ほうほうほう、君があの噂《うわさ》のアデル殿か、なるほどなるほど――いやあ、これは可愛《かわい》らしい娘《むすめ》さんじゃ」

と、その男性はアデルに近づくと、くるくると周りを回って観察してくる。

「？」

アデルが首を捻っていると、男性は納得《なっとく》したように、うんうんと頷く。

「いや、聖女でありながら剣《けん》の達人――つまりは剣聖《けんせい》女、というべき聖女殿だと聞いたが、なるほど足腰《あしこし》がしっかりしておる……！　結構結構、健《すこ》やかなる身体には、健やかなる命が宿るものだからのう！」

「は、はあ？」

困惑していると、それを見たトリスタンが注意をした。

「ち、父上！　そんなにジロジロ見てはアデル殿に失礼ですよ」

「父上⁉」

皇太子トリスタンの父という事は、トーラスト帝国の現皇帝《こうてい》だ。要人中の要人である。

「これは、ご挨拶《あいさつ》が遅《おく》れ申し訳ございませんでした」

アデルはその場に跪き、トーラスト皇帝への礼の姿勢を取る。

「いやあ、いいんじゃいいんじゃ、立っておくれアデル殿。さあ」

トーラスト皇帝は自らアデルの手を取って、その場に立たせる。

「それより、話は聞いておる。我《わ》が息子《むすこ》の危機を救って頂き感謝をしておるよ。本当に世話になったのう、ありがとう」

言いながらぽんぽん、とアデルの腰《こし》のあたりに軽く触《ふ》れる。

「父上っ！　どさくさに紛《まぎ》れてアデル殿に触《さわ》らないで下さい！」

トリスタンが顔を真っ赤にして、トーラスト皇帝の手を払《はら》い除《の》けた。

「お、おお？　珍しいのおトリスタン、お前がそんな事を言うとはな」

「済みませんアデル殿。私の父がご無礼を……」

「いえ、私は別に構いませんが？」

「⁉　いやいや、そこは構って下さい！　アデル殿！」

「そう言われましても……」

そうは言われても、気にならないものは気にならないので仕方ないのではないか。

と、アデルに向けてトーラスト皇帝が耳打ちしてくる。

「いやいやしかし、トリスタンがこんな反応を示すのは初めての事じゃよ。何度か見合いもさせたが、てんでダメでな？　ひょっとしたらこやつはおなごに興味が無いんじゃないかと疑っておったが、少し安心させて貰ったよ。ありがとう、アデル殿」

「は、はあ？」

「で、君はもう将来を誓《ちか》った相手や、許嫁《いいなずけ》はおるのかのう？　アスタール姓《せい》という事は親が決めた許嫁はおらぬやも知れんが、聖女である君には聖塔教団からの斡旋《あっせん》もあれば、色々な所からの誘《さそ》いもあろう？　聖女は次代の聖女を生むために、多くの子を残す事を推奨《すいしょう》されるものだからのう」

「い、いや私は……」

無論アデルはユーフィニア姫の幸せな一生に付き従い、仕え続けるために時を遡ったためそれ以外の事に興味は無い。

確かに聖塔教団の聖女は少なく、希少な聖女の数を増やすために、多くの子を残す事を推奨されているのは事実だが、それに従うつもりは無かった。

そもそも聖塔教団の聖女として洗礼を受けたのも、そうしないとユーフィニア姫の護衛騎士にして貰えなかったからだ。

それが無ければ、正式な聖女になるつもりの無い野良《のら》の聖女だっただろう。

「私は聖女である以前に、ユーフィニア姫様の護衛騎士です。騎士として姫様にお仕えし続ける事が第一であるため、そのような事は考えた事もありません」

本当に考えた事は無いが、あえて考えるとしてもその相手は男性ではなく女性だろう。

今の体こそ女性のそれだが、アデル・アスタールは元々男性だし、自分の意識もそうだ。マッシュや部下の剣闘士奴隷達《けんとうしどれいたち》には何も思わないし、主でありまだ幼いユーフィニア姫に対しても同じ――だが、メルルに対しては何も感じないとは言い切れない。

風呂《ふろ》に入っている時に押《お》しかけられて、隣《となり》にくっつかれると緊張《きんちょう》するし、豊かな胸元《むなもと》に目線を奪《うば》われそうにもなる。

アデルの事を同性の友人だと思って、仲良くしたいだけのメルルに対して申し訳なさを感じるのだが、意識としてはそうなっているのが正直な所だ。

アデルの答えに、トーラスト皇帝はにっこりと笑う。

「おう、そうかそうか。聖女よりユーフィニア姫の騎士でありたい、と。見上げた忠誠心じゃな」

そして、アデルの近くにいるユーフィニア姫に目を向ける。

「所でユーフィニア姫も元気そうで何より。前に会った時より随分《ずいぶん》背も伸びたようじゃ」

もっと幼い頃から見知っているのだろう。

まるで親戚《しんせき》の小さな子供の成長を見守るような目だ。

「はい、お陰様《かげさま》で。このたびは良くウェルナにお越し頂きました。歓迎《かんげい》申し上げます」

穏やかに、淑《しと》やかに、気品のある仕草でユーフィニア姫はトーラスト皇帝に一礼をする。

時を遡る前も、ユーフィニア姫が要人に挨拶する場面などいくらでも立ち会って来たが、目が見える今立ち会うと、全く別の印象を受ける。

ユーフィニア姫はとにかく一つ一つの所作や表情まで洗練し尽《つ》くされており、見惚《みと》れてしまう程なのだ。このままずっと、一生見ていられそうな気がする。

「ユーフィニア姫様、ご挨拶が遅れ申し訳ありません、その節は大変お世話になりました」

トリスタンもユーフィニア姫に丁寧《ていねい》に挨拶をしていた。

そして、一言二言交《か》わしたトリスタンに、トーラスト皇帝が耳打ちをする。

「おい、ところで聞いたかトリスタンよ。アデル殿に相手はおらんようじゃぞ？　気になっとったじゃろう、おぬし？　手紙の返事が遅《おそ》いのは、アデル殿に決まった相手がおるからではなく、単にそう言う性格じゃ」

「ち、父上！　そういう事は自分で何とか致しますので、アデル殿の前で変な事を仰らないで下さい！」

「なんじゃい。お前がまごまごしておるから助け船を出してやったというに、邪魔者扱《じゃまものあつか》いしおってからに！」

　トーラスト皇帝は不満そうに唇《くちびる》を尖《とが》らせていた。

「やれやれ、騒《さわ》がしいねえ。こっちはピリピリしてるってのにさ」

　そうため息をつくのは、それまで様子を見ていたクロエである。

　クロエも、ユーフィニア姫も、到着する四大国の出席者達の出迎えに出て来ていたのだ。

「おぉ、クロエ殿もこちらにいらしたのか。久しぶりじゃな」

「クロエ殿！　お作り頂いた影巫女の護剣《スカディガード》のほうは上々です！　何度も危ない所を救って貰いました、ありがとうございます！」

　どうやらトリスタンの持つ術具影巫女の護剣《スカディガード》もクロエの作成したものだったらしい。

　確かにアデルが見てもかなり高性能な術具で、緊急避難《きんきゅうひなん》の能力を考えると、ユーフィニア姫にも一本持っていて貰いたい程の逸品《いっぴん》だった。流石《さすが》、匠《たくみ》の大聖女である。

「いや、影巫女の護剣《スカディガード》を何度も使うような状況になっちゃ駄目《だめ》だろ、殿下の場合は。もっと上手《うま》く立ち回りなよ」

　クロエの言う事は全くその通りであるとアデルも思った。

「ははは、それはそうですね。面目《めんぼく》ありません」

　トリスタンは苦笑いしながら、首筋のあたりを掻《か》く。

「まあお二人とも。教団からあたしが来てるって事の意味を考えて下さると、助かるんですけどね」

「うむ、よう分かっとるよ。近頃《ちかごろ》何かときな臭いっちゅうのはの。だからホレ、ちゃあんと我が国自慢《くにじまん》の騎士を連れて来とるわい」

目線を後ろに向けたトーラスト皇帝の身を、大きな影がすっぽりと包む。

それほど、進み出てきた者の体が大きいのだ。

「む。あんたは──」

クロエはその巨漢《きょかん》を、殆《ほとん》ど真上を向くようにして見つめる。

女性としても小柄なクロエとしては、そのくらいしないと目線が合わないのだ。

「お久しぶりですな。大聖女殿」

巨体の騎士の声は、低く太く良く響《ひび》き、見た目通りの迫力《はくりょく》を感じさせる。

「重騎士マールグリッドか？」

アデルはそう呟《つぶや》く。

時を遡る前の大戦で、トーラスト帝国は敵だった。

そしてその敵国の中で代表的な武将といえば、重騎士マールグリッドである。

その頃のアデルは盲目《もうもく》だったため、姿は見ていないが、この声には聞き覚えがある。

戦場で対峙《たいじ》し、討《う》ち取った相手だ。

「おぅ。剣の聖女アデル殿にも知って頂けているとは、光栄ですな」

と言うマールグリッドの声色《こわいろ》には、少々険があるようにも感じる。

「トーラスト第五騎士団《きしだん》長マールグリッド。我等がトリスタン殿下をお救い頂いた事、我が騎士団を代表してお礼申し上げる」

「いや、私はユーフィニア姫様《ひめさま》の御心《みこころ》に従ったのみ。礼ならば、我が姫様にお願いする」

今でこそトリスタンを助けて良かったと思っているが、最初は狂皇トリスタンの残像が強すぎて、アデルもかなり警戒《けいかい》していた。

ユーフィニア姫が強硬《きょうこう》にトリスタンを助ける事を主張してくれていなければ、どうなっていたかは分からない。

「ユーフィニア姫様、御礼《おんれい》申し上げます」

「お顔をあげて下さい。トリスタン殿下は我が国《くに》の聖塔《せいとう》の破損により発生した未開領域を抑《おさ》えるために動いて下さったのですから、お助けするのは当然です」

ユーフィニア姫は微笑《ほほえ》みを浮《う》かべながら、マールグリッドに応対する。

その所作も実に丁寧で気品に満ち、見ていると身が震《ふる》えるような感動を覚える。

「ああ姫様……実にご立派で、お美しく……」

「あ～。またアデルが自分の世界に行っちゃった。こうなると周りが見えないのよね」

メルルは呆《あき》れたようにそう言いながら、横からアデルの胸の膨《ふく》らみをつんつんと突《つ》っつく。

「お～い、アデル～？　そんなに浸《ひた》ってると、変なとこ触られても知らないわよ～？」

「お、おいメルル……」

「マッシュもやれば？　絶対気づかないわよ、アデルは」

「ば、バカ言うな、出来るわけが無いだろう」

「ふーむ」

と言いながら手を出すのは、クロエである。

「うわ、でっかいなぁこいつ。こんなにあるのに、よくあんなに動けるもんだよ。重くないのかねぇ」

「そうですよねえ」

うんうんとメルルは頷《うなず》く。

「いや、あんたも似たようなもんだろ。めちゃくちゃ立派だよ」

「きゃっ⁉　あたしを触っていいとは言ってませんよ⁉」

「よし、どれどれ。となればワシも……」

などと言いつつ、トーラスト皇帝が進み出ようとすると――

『てめぇコラ！　このジジイがあああぁぁぁあっ！』

『ふざけんじゃねえ！　死ねえええぇぇぇぇぇっ！』

勝手に飛び出したペガサスとユニコーンが、トーラスト皇帝を撥《は》ね飛ばした。

「どおおぉぉっ⁉　し、神獣がっ⁉」

『皇帝だからって調子乗んなボケがあああぁぁぁっ！』

『こちとら社会の権力なんぞにゃ屈《くっ》しねえんだよっ！』

そして、げしげしと踏《ふ》みつけ始める。

「ぺ、ペガさん！　いけませんっ！」

「こら！　止めな、ニコ！」

その声で、アデルははっと我に返る。

気づいたら目の前で、ペガサスとユニコーンがトーラスト皇帝を踏みつけていた。

「貴様らあああぁぁぁっ！　何をやっている！」

火蜥蜴《サラマンダー》の尾《テイル》を鞭《むち》のように伸《の》ばし、二体纏《まと》めて拘束《こうそく》する。

『あ、アデルちゃん！　違《ちが》う違う……！』

『俺達はアデルちゃんをクソじじいから守ろうとしてだな……！』

「はぁ？　何をわけの分からない事を」

その間にユーフィニア姫《ひめ》は、トーラスト皇帝に深々と頭を下げていた。

「す、すみません陛下っ！　わたくし達の神獣が――」

「むぅ⁉　いえ、姫様は悪くありません！　全ては私の不徳が致す所です、どうかお許しを！」

状況は余りよく分かっていないが、とにかくアデルはユーフィニア姫を庇う。

「い、いやいや、いいんじゃよ。気にせんでおくれ」

「当然です。今のは父上の悪ふざけが過ぎますよ。神獣殿《しんじゅうどの》には感謝をしたいくらいです」

「いいや、そんな事では済まされませぬ！」

そう言って進み出るのは、先程《さきほど》の重騎士マールグリッドだった。

「いくら陛下がお許しになろうとも、主に手を上げさせるのは騎士の名折れ！　私は納得できませんぞ！」

「いやいや、ワシの悪ふざけが過ぎたのは明らか。無粋《ぶすい》を申すでない、マールグリッドよ」

「ですが、マールグリッド殿の申される事も尤《もっと》もかと思います」

と、アデルはマールグリッドの言葉に理解を示す。

立場が逆で、ユーフィニア姫がトーラスト皇帝の立場であれば、やはりアデルは怒《おこ》るし自分を責めるだろう。

もっとも、品行方正で極めて清らかな人格者であるユーフィニア姫に限って、神獣《しんじゅう》を怒らせるような事は無いと思うが。

「ご理解頂けるか、アデル殿」

「同じ騎士として、お気持ちは察する。何か私に出来る事は無いだろうか？」

「なれば、我と手合わせを！　噂のアデル殿の力がどれ程のものか、是非《ぜひ》我《わ》が目で確かめたく！」

「それで良いなら、吝《やぶさ》かではないが――」

「あ、アデル殿！　し、しかしご迷惑《めいわく》では⁉　万一お怪我《けが》でもあったら……！　いや、アデル殿に限って滅多《めった》な事は無いとは思っていますが」

トリスタンが心配そうに声をかけてくる。

「ならば、私も見返りを頂く事にしましょう」

「見返り？」

「マールグリッド殿。私が勝てば、そちらには『四大国会議』までの間、市中の夜回りを手伝って頂く。それで良いならお受けしよう」

エルシエルが近くに潜んでいる事を考えれば、警備は厳重であればある程良い。

クロエの応援《おうえん》も、クレア達《たち》駐留《ちゅうりゅう》聖女の手伝いもあるが、まだまだ手は足りないのだ。

トーラストの騎士にも手伝って貰えると、とても有り難《がた》い。

「陛下や殿下をお守りする事が第一だが、それに支障を来さぬ程度ならば」

「勿論《もちろん》それで構わない。どうでしょう殿下？　我々としても人手が欲しいため、是非手合わせをお願いしたいのですが」

「アデル殿がそう言うのであれば……では、勉強させて頂きます」

「姫様、構いませんか？」

「ええ。ただし、お互《たが》い怪我の無いように……」

「はっ！　承知致しました、姫様！」

そんな様子を見ながら、クロエがため息をつく。

「やれやれ、血の気の多い奴《やつ》らだね」

「……ま、色々国内の事情もあってのう」

と、声を潜めて応じるのはトーラスト皇帝だ。

「どういう事ですか、陛下？　そもそも陛下のせいですけどね、これは」

「いやぁ面目ない。トリスタンを焚《た》き付けてやるつもりが、神獣の怒《いか》りを買うとはな」

そう言って、首筋のあたりを掻く。

その仕草はトリスタンとそっくりで、やはり親子である。

「で、事情とは？」

「トリスタンがトーラストを継《つ》ぐ事は決まっとる。だから、家臣達の関心事は誰《だれ》がその妃《きさき》になるかという事でな。それぞれ推《お》したい候補がおるのじゃよ」

「なるほど、それで未来のお妃に取り入って、重用して貰おうって事ですね」

「うむ。しかしトリスタンの奴は皆《みな》が推す候補の誰にも反応せんでな。初めてそういう気配を見せたのが、アデル殿じゃ。我が国の家臣達にとっては、一大事でな。アデル殿に妃の座を攫《さら》われては、予定が狂うじゃろ？　だからここで恥《はじ》をかかせて、候補から脱落《だつらく》させたいという事じゃな」

「政治的ですねぇ、アデルの気持ちは無視ですか？」

「まあ、マールグリッドも必死なのじゃよ。権力と権謀術数《けんぼうじゅつすう》というのは、不可分なものだからな。それに――トリスタンのおなごを見る目が正しいのか、ワシも気になりはするのう。無論、最終的にはお互いの意思が重要じゃが、そこまでは面倒《めんどう》見きれんからの～」

笑顔を見せるトーラスト皇帝視線の先で、アデルとマールグリッドは向かい合っていた。

アデルは火蜥蜴《サラマンダーテイル》の尾で蒼《あお》い炎《ほのお》の刃《やいば》を形成し、少し腰を落とした構えを取る。

マールグリッドは、肩《かた》に担《かつ》ぐように巨大《きょだい》な戦鎚《せんつい》を構えていた。

剝《む》き出しの岩塊《がんかい》にそのまま柄《え》を取り付けたような、無骨な見た目をしている。柄の部分に神滓結晶《アニマけっしょう》が埋《う》め込《こ》まれているのが見えるから、あれも術具だろう。そして顔こそ全て覆《おお》う兜《かぶと》ではないが、その他の体の部分は殆ど重い鎧《よろい》で隠《かく》されている。

時を遡る前のアデルに匹敵《ひってき》する、重装備である。

「どうした、アデル殿。神獣は呼ばぬのか？」

その問いに、アデルは静かに首を振《ふ》る。

「私は聖女である以前に、ユーフィニア姫の護衛騎士《きし》。騎士同士の手合わせは一対一だ。援護《えんご》など不要！」

「これは勇ましい、確かに我が国にはおらぬ女性かもしれんな……！」

「さあ、どうだろうな……？」

そもそもトーラスト帝国どころか、四大国のこの世界のどこに、時を遡った上に女性の体になってしまった者がいるだろうか？　そういう意味では、他に誰もいないだろう。

「では済まぬが、聖女殿。聖域を」

と、マールグリッドはトーラスト帝国の一団の中の女性に呼び掛ける。

トーラスト帝国に派遣《はけん》されている駐留聖女だろう。

その聖女が頷くと聖域が展開され、火の性質を持つ神滓《アニマ》がその場を包む。マールグリッドの得意な術法が火の術法なのだろうか。

「いや、結構。こちらで行おう」

アデルはトーラストの駐留聖女を制し、自分が聖域を展開する。

トーラストの聖女の聖域の神滓《アニマ》より、アデルがケルベロスの力を借りて展開する聖域の方が、神滓《アニマ》の力は強い。

その方がマールグリッドもより力を発揮出来るだろう。

ユーフィニア姫のようにあらゆる術法の源となる万能属性《オールマイティ》ではないし、聖域の範囲《はんい》も人並み外れているわけではないが、範囲内《はんいない》で火の術法を使うだけなら、アデルの聖域もユーフィニア姫のそれにそこまでは劣《おと》らない。

「ほう、これはいい聖域だ。敵に塩を送って下さるというわけか」

「いいや。共に夜警の任務に当たって貰う同僚《どうりょう》には、気持ちよく戦って貰いたいからな」

「ふ……言ってくれるな！　ならば行くぞアデル殿《どの》！　お手並み拝見ッ！」

「ああ、来るがいい！」

時を遡る前もマールグリッドと戦ったはずだが、どういう戦い方をしてくるのかはよく覚えていない。

あの頃のアデルの戦い方は、先の先を取る命知らずの戦い方だった。

『嘆《なげ》きの鎧』の強固な防御力《ぼうぎょりょく》と、『錬気増幅法《ぞうふく》』で更《さら》に爆発的《ばくはってき》に増加した身体能力、そして攻撃《こうげき》が鎧を掻い潜《くぐ》って傷ついても、ナヴァラ枢機卿《すうききょう》により改造された体は異常な自然治《ち》癒《ゆ》能力を発揮し、戦いながらでも傷が塞《ふさ》がってしまう。

だから攻撃を受ける事など気にせず、攻《せ》めの一手。

盲目故に細かい戦い方は出来ない、力押しの極地だった。

そういう戦い方は、勝つ時は相手に何もさせずに勝ってしまう。

だから、かつて戦ったはずのマールグリッドの戦法や能力はよく分からないのだ。

今のアデルは、力押しではなく後の先を取る戦い方である。

あの頃とは違う。力より技。それなりの対応が必要になってくるだろう。

『見』の姿勢に回るアデルに、マールグリッドは積極的に動き出す。

「付与術法《エンチャント》！　我が体に炎の力を！」

マールグリッドの体が、紅《あか》い炎の色に輝《かがや》き始める。

自身の力を増す付与系統の術法だ。

そしてその強化された力が、術具の戦鎚を物凄《ものすご》い勢いで振り下ろす。

「ぬうううぅぅんっ！」

「……!?」

アデルは一瞬眉《いっしゅんまゆ》を顰《しか》める。

強烈《きょうれつ》なのはいいが、間合いを詰《つ》めずにそのまま地面に叩《たた》きつける動きなのである。

これでは絶対にアデルには当たらない。

——だが、その疑問はすぐに晴れる事になった。

地面を打ったマールグリッドの戦鎚の鎚頭が、衝撃《しょうげき》で砕《くだ》けたのだ。


ドガガガガッ！


そしてそれが岩礫《つぶて》となって、アデルに向けて飛んでくる。

「む……っ⁉」

アデルは『錬気収束法』で脚力《きゃくりょく》を強化し、大きく跳《と》んで岩礫から身を躱《かわ》す。

広く拡散した礫のいくつかは、それでもアデルの身に当たりそうになる。

だがそれは、火蜥蜴《サラマンダーテイル》の尾で双身《そうしん》の刃を形成し高速回転させ、弾《はじ》き飛ばす。

地を蹴《け》る脚力を強化した『気』を、空中で術具への『錬気収束法』に回して対応した。

『気』とは臨機応変に柔軟《じゅうなん》な運用が利《き》く力である。

「速い！　よく避《さ》けられたな、アデル殿……！」

「なるほど、飛び道具か――」

だから遠い間合いから振りかぶってきたのだ。

「左様！」

そして、砕けて岩礫を飛ばした鎚頭は、見る見るうちに元の大きさの岩塊に戻《もど》っていく。

その分鎚頭の接地した地面が抉《えぐ》れていくから、あれはそういう効果の術具なのだろう。

岩塊の鎚頭を、いくらでも地面から補充《ほじゅう》出来る戦鎚だ。

それを強烈な力で叩きつけて砕く事で、無限に岩礫を放つ事が出来るというわけだ。

「言わば、弾《たま》切れの無い投石器だな」

これは特に対多数の場面で役に立つだろう。

例えば軍同士の戦場や、未開領域での魔物掃討《まものそうとう》などだ。

なかなか良いではないか。マッシュやメルルと遜色《そんしょく》ない実力者かも知れない。

「そういう事だ！　いつまでも逃《に》げ切れんぞ、アデル殿！」


ドガガガガッ！

マールグリッドが次弾《だん》を放つ。

雨霰《あめあられ》と降り注ぐ岩礫を、アデルは再び跳躍《ちょうやく》と火蜥蜴の尾《サラマンダーテイル》の防御《ぼうぎょ》を組み合わせてやり過ごす。

それが何度か、同じように繰《く》り返されていく。

「あ、アデルが近づけないわ！」

「ああ、あれだけの速射で弾をバラ撒《ま》かれてはな」

メルルは驚《おどろ》き、マッシュが唸《うな》っていた。

「さすが大国。いい騎士を抱《かか》えてるじゃないか」

「アデル！　ああ、怪我はしていませんね……！」

クロエは口笛を吹《ふ》き、ユーフィニア姫ははらはらしている。

「アデル殿おおぉぉおっ！　頑張《がんば》って下さいいいぃぃぃいっ！」

「トリスタンや。お前もそんな風に声を出すんじゃのう」

トリスタンは一番声を出し、トーラスト皇帝はちょっと驚いていた。

「どうした近づけんか!?　ならばいずれ疲労《ひろう》し、避けきれずに被弾《ひだん》するのみだぞ！」

マールグリッドの言う通りではある。

時を遡《さかのぼ》る前のアデルなら、『嘆きの鎧』の強固な防御力を盾《たて》に岩礫を無視して突撃《とつげき》し、攻撃を加える所だ。

たとえ被弾しても、多少の手傷ならばすぐに治っていたし、何の疑いも無く正面突破《とっぱ》しマールグリッドを討ち取ったのだろう。

あの時と同じような力尽《ちからず》くの突破は、今のアデルにはもう出来ない。

――だが、だからと言って近づけないかというと、そうとは限らない。

違うやり方で、同じ事をすればいいだけだ。

「ならば近づかせて貰《もら》おうか！」

「出来るかなっ⁉」


ドガガガガッ！


向かってくる無数の岩礫を、今度は跳躍して避ける事をしなかった。

むしろ真《ま》っ直《す》ぐに、踏み込んでいく。

正面突破だ――――！

ただし、装甲《そうこう》と治癒力《ちゆりょく》で攻撃の威力《いりょく》を無視する突破ではない。

目と脚《あし》に『錬気収束法』を集中させて、全ての礫を避ける突破だ。

何度か大きく跳んで避けていたのは、ただ手を拱《こまね》いていたのではない。

礫の軌道《きどう》を見切ってすり抜《ぬ》けられるかを測っていたのだ。

「馬鹿な⁉　避けずに跳び込むだと！」

「避けんとは言っていないっ！」

『気』によって強化された目は、礫の軌道をはっきりとアデルに見せてくれる。

そしてこれも『気』によって強化された足捌《あしさば》きが、全ての岩礫の軌道をすり抜ける位置に、アデルの身を運び続ける。

極上《ごくじょう》の舞踏《ぶとう》のような動きで、アデルはマールグリッドの放った岩礫をすり抜け、その目の前へと肉薄《にくはく》していた。

「なっ……⁉」

マールグリッドが驚きの声を上げる。

見る見るうちに元の大きな岩塊に戻って行く鎚頭だが、さすがにまだ戻り切らない。

だがアデルは目の前に肉薄している。これは大きな隙《すき》である。

「ぬうううううっ！」

しかしマールグリッドの切り替《か》えも思い切りも速い。

いち早く柄から手を離し、アデルへ向け体当たりを仕掛《しか》けてくる。

身に纏っている鎧の装甲は、そのまま強力な凶器《きょうき》になる。

だが、アデルはその動きも見切っていた。

「当たらんっ！」

飛び上がってマールグリッドの肩を蹴り、後ろに回り込む。

同時に火蜥蜴の尾《サラマンダーテイル》を鞭状に伸ばし、マールグリッドの膝《ひざ》のあたりに巻き付ける。

「ぬ⁉　だがこんなものでは止められん！」

マールグリッドはそう言いつつ、手放した戦鎚の術具へと手を伸ばそうとする。

膝に巻き付けられた火蜥蜴の尾《サラマンダーテイル》は、無視する構えだ。

アデルの女性の細腕《ほそうで》では、引っ張られても大したことは無い、と思ったのだろう。

「いいや、止まって貰う！」

アデルは強く火蜥蜴の尾《サラマンダーテイル》を引っ張る。

『錬気収束法』で腕《うで》に気を集中し、普段《ふだん》より遥《はる》かに引き上げられた力で。

それがマールグリッドの足元を浮き上がらせ、完全に姿勢を崩《くず》してみせた。

「何っ⁉　うおおぉぉっ⁉」

マールグリッドは背中から、地面に倒《たお》れ込む。

「くっ⁉」

急いで身を起こそうとするが、その前に、蒼い炎の刃の切っ先が突きつけられる。

「動かないで貰おう」

アデルは転倒《てんとう》したマールグリッドを見下ろし、そう呼びかける。

「う、ううむ……お、お見事。私の負けです」

「よし。これで夜警の人手不足も解決だ。助かるぞ、マールグリッド殿」

言いながら、アデルはマールグリッドに手を差し出し、助け起こす。

「……承知しました。未来を思えば、ここでご奉公《ほうこう》させて頂けるのは願っても無い事」

やけに畏《かしこ》まった態度だ。先程と違う。

「？　よろしく頼《たの》む」

未来とかご奉公とかはよく分からないが、前向きに協力してくれそうなのは有り難い。

「いやあ、見事なもんじゃのう！　マールグリッドを寄せつけんとは」

トーラスト皇帝が、そう感想を述べる。

「そうでしょう、父上！　あの舞《ま》うような美しい動きは、アデル殿にしか出来ませんよ！

本当に洗練されていて、可憐《かれん》で……！」

「わ、分かったから少し落ち着け、トリスタンよ」

「アデル！　二人とも、怪我はありませんか？」

ユーフィニア姫は、手合わせを終えたアデルを心配そうに見つめる。

「はい、姫様。この通りどこにも」

と、アデルはユーフィニア姫の前で一回りして見せる。

「ああよかった……」

「ご心配をおかけして、申し訳ありません」

「いえ、ですがアデルの動きはとても速くて綺麗《きれい》で、格好《かっこ》いいと思います！」

「姫様！　あ、ありがとうございます！」

ユーフィニア姫からの賞賛を受ける。これほど嬉《うれ》しい事は無い。

「いや、ほんとすごいねえ。ちょっと見ない間にこんな人を召《め》し抱えてるなんて、すごい事だね～」

そんなゆったりとした喋《しゃべ》り方《かた》で、ぱちぱちと拍手《はくしゅ》する人物が。

気づけばユーフィニア姫のすぐ横に並んでいた。

「きゃっ……!?　あ、あぁっ！　お兄様！」

一瞬《いっしゅん》驚《おどろ》いたユーフィニア姫の顔が、ぱっと輝いた。

ユーフィニア姫の兄妹《きょうだい》は一人のみ。兄のユリアン王子だ。

時を遡る前は盲目だったアデルとしては、ユリアン王子の顔は初めて見る。

ユーフィニア姫と同じ銀色の髪《かみ》で、柔和《にゅうわ》そうな顔立ちもよく似ていた。

「や、ただいま。ユーフィニア」

「お帰りなさい、お兄様！」

ユーフィニア姫は嬉しそうにユリアン王子に抱《だ》きついた。

肉親であるため当然の事ではあるが、少々羨《うらや》ましい。

ユリアン王子は城を空けている事が多く、アデル達《たち》がここに仕官しに来た時も不在で、それからもずっと不在だった。

結構長い間王城を空けていたという事になる。

時を遡る前からそうだったのだが、ユリアン王子は放浪癖《ほうろうへき》があると噂《うわさ》されている人物だった。

無論ただの放浪《ほうろう》ではなく、各地の情勢視察という理由があるとは聞いている。

四大国に囲まれた小国、『中の国』ウェンディールは四大国の全ての国と、聖塔教団と、それら全ての勢力と調和を保って国を維持《いじ》していく他は無い。

簡単に言えば『仲良く』やっていく事が必要不可欠になるのだが、それをするには相手の事をよく知らねばならない。

よく知るには、実際に自分の足で現地を訪《おとず》れるのが一番、というわけだ。

ウェンディール国王がユリアン王子を咎《とが》める様子は無いので、王公認《こうにん》の行動であるのだ

ろう。外交で生きざるを得ないウェンディール王国の次代の王としては、そういう事も必要なのかも知れない。

そういう必然性とは別に、ユリアン王子が旅好きなのはそうだろうとは思う。

時を遡る前、大戦の前のまだ平和な頃《ころ》、たまに王城に戻ってくるユリアン王子はユーフィニア姫に旅先の土産話《みやげばなし》を楽しそうに聞かせていたものだ。

アデルもユーフィニア姫の側に侍《はべ》って、一緒《いっしょ》にその話を聞いていたりした。

「ははは、ちょっと身長が伸びたね～、ユーフィニア。毎回帰ってくるのが楽しみだよ。元気だったかい？」

「はい、アデルやメルルやマッシュのおかげで元気です！」

と、ユーフィニア姫はアデル達のほうを振り向く。

「お帰りなさいませ、ユリアン王子！」

メルルが恭《うやうや》しく一礼して跪《ひざまず》く。

メルルは、護衛騎士としてはアデル達より先輩《せんぱい》である。

ユリアン王子との面識もあるらしい。

アデルとマッシュも、それに倣《なら》ってユリアン王子への礼を取る。

「お初にお目にかかります、アデル・アスタールです。この度ユーフィニア姫様の護衛騎士を拝命致《いた》しました。どうかお見知り置きを」

「うん、君のような達人がユーフィニアの護衛騎士になってくれるなんて、とても心強いよ。アルダーフォートでの活躍《かつやく》は僕《ぼく》も噂を耳にしたけど、評判通りのようだね～」

流石、各地を巡《めぐ》って情報を集めているユリアン王子だけの事はある。情報が早い。

「は。光栄に存じます」

そして、アデルの横に並んだマッシュが口を開く。

「マッシュ・オーグストに御座《ござ》います。アデルと同じく、護衛騎士として叙勲《じょくん》の栄誉《えいよ》に預かりました」

「マッシュ……オーグスト？　あのマルカ共和国のオーグスト家の？」

ユリアン王子は、マルカ共和国の内情にも通じているようだ。

「は――」

「確か、数年前に行方不明になったと聞いたはずだけど。それにその顔は……」

「お兄様、でもマッシュはいい人です！　アデルとも仲が良くて――」

「ま、色々あるんだよ。妹の人を見る目を信じてやりなよ、ユリアン王子」

そう助け船を出すのは、クロエだった。

クロエはアデルや特にマッシュの事を気《き》遣《づか》ってくれるのだ。

「ああ、クロエ様。お久しぶりです。勿論分かってるよ、ユーフィニア。アデルの事は信《しん》頼《らい》に足る人物だと他からも聞いているし、そのアデルの友人なら間違《まちが》いはないだろうね？」

「？」

アデルの事をユリアン王子に話すような人物がいたのだろうか？

大聖女テオドラや、その護衛騎士のミュウやリュートならばあり得るだろうか。

「ね？　そうだよね、カティナ？」

と、ユリアン王子が振り向くと、そこには淡《あわ》い栗色《くりいろ》の長い髪をした、美しい女性が立っていた。

「！　カティナ──」

アデルが顔を覚えているのは、同じアスタール孤児院《こじいん》で育った、子供の頃のカティナだったが──その思い出の中にある少女が、そのまま成長した姿だった。

アデルより二つほど年上で、どこか母性を感じさせるような、優《やさ》しい少女だった。

今も淑《しと》やかで見る者を包み込むような、柔《やわ》らかな魅力《みりょく》を漂《ただよ》わせている。

再会して再び言葉を交《か》わせる事は、懐《なつ》かしく、嬉しい事だ。

それは間違いないのだが、今のアデルは時を遡る前とは違う、女性の体だ。

カティナから見れば、どう考えてもおかしな話だろう。

アデルを、これはアデルではないと言われてしまうかも知れない。

そうなれば厄介《やっかい》だ。下手すればユーフィニア姫の側にもいられなくなるかも知れない。

アデルの頭にそんな考えが過《よぎ》り、思わず緊張《きんちょう》して構えてしまう。

「アデル！　やっぱりアデルね！」

カティナは嬉しそうにアデルに駆《か》け寄ると、ぎゅっと抱き締《し》めてくる。

「あ、ああ……久しぶりだな」

「ええ！　私が聖女の修行《しゅぎょう》のためにアスタール孤児院を出た後、アデルが孤児院を飛び出して行ったと聞いたわ！　行方も分からないって聞いて、本当に心配していたのよ？」

「す、済まないな……心配をかけたが、この通り元気だ」

カティナはアデルが女性の姿である事に特に何の疑いも持っていないようだった。

それはそれで、面食らってしまう。

「ふふっ。相変わらず話し方が男の子ね？　でも髪が伸びて、女の子らしくなったわね？　とても似合っているわよ」

言いながら、アデルの髪をそっと撫《な》でる。

「そ、そうか？　ありがとう、礼を言う」

やはりカティナの認識《にんしき》では、アデルは元々女性だったという事になっているようだ。

アデルの肉体だけでなく、アデルを知る者の記憶《きおく》まで変わっているとは、驚きである。

「よぉ。久しぶりだね、カティナ」

と、カティナに声をかけるのはクロエである。

「クロエ！　久しぶりね、ここであなたに会えるなんて」

「ああ、あたしも嬉しいよ。大聖女が二人いれば心強いしね」

「大聖女！　では、カティナは……」

時を遡る前も大聖女にまで上り詰めていたカティナだったが、今の時点で既《すで》にそうなっていたらしい。

「そうだよ。集いの大聖女カティナ——虫も殺さないお淑やかな顔して、エルシエル姐《ねえ》さんに勝るとも劣らないかも知れないよ、この子は」

大聖女としての呼称《こしょう》も、時を遡る前と同じようだ。

戦の大聖女エルシエル、塔の大聖女テオドラ、匠《たくみ》の大聖女クロエ、そして集いの大聖女カティナ。時を遡ってから大聖女に出会うのは、これで四人目だ。

カティナの集いの大聖女という異名は、彼女の聖女としての能力の特質に由来する。

聖女が盟約して抱えておける神獣の数は、個人差こそあれど普通《ふつう》は数体だ。

場合によっては一体だけという事もある。

アデルは現状ケルベロスの一体だけで、増やそうとすれば増やせそうだが、体感ではやはり数体程度が限度のように思う。

だがカティナは、その抱えておける神獣の数が桁外《けたはず》れなのだ。

数十、数百、いや限界など無いのかも知れない。

それを一斉《いっせい》に展開する集団戦の威力は、強大なエルシエルの四神に匹敵すると、大戦の頃から言われていた。

「え、ええ。でも少し前に拝命したばかりで、まだ慣れないんだけれど」

「いやいや、カティナは立派だよ。未開領域で助けられちゃったしね～、僕。その後怒られちゃったけど」

ユリアン王子がにこにことして言う。

「あ、当たり前です！　一国の王子が、一人で聖王国時代の旧王都まで出向くなんて、いくら人助けのためとはいえ危険過ぎます！　今後は慎《つつし》んで下さい！」

今の時代は四大国時代と言われ、聖王国と呼ばれる超大国《ちょうたいこく》の一国支配の時代より、人々の住む生活圏《せいかつけん》は縮小されている。

聖王国時代の旧王都は、今では四大国の外縁《がいえん》未開領域の中に沈《しず》む危険地帯のはずだ。

位置的にはラクール神聖国の西方に当たり、アデルもラクール神聖国にあるアスタール孤児院で育ったため、そこにそういう遺跡《いせき》があるという事は聞かされた事がある。

「は、は～い！　ご、ごめんなさい！」

カティナの迫力《はくりょく》に、少々気圧《けお》されているユリアン王子だった。

「……おぉ、案外怒ると迫力あるな」

「クロエ殿。カティナは怒ると恐《おそ》ろしいですし、虫も殺しますよ」

「そうなのかい？」

「ええ。アスタール孤児院は古い建物ですから、よく外から虫が入って来るのです。カティナは平気な顔をしてそれを素手《すで》で……」

まあ、アデルや他の年下の子供達が虫に咬《か》まれないように、という気遣いなのだろうが。

アデル達に怒る時も、それはアデル達を心配するからで、全ては心根の優しいカティナが、周囲の人達を守ろうとする故であるとは、色々と経験を重ねた今ならばよく分かる。

「アデル。余計な事は言わないのよ？」

カティナがにっこり笑ってこちらを見ている。

「う……！　わ、分かった」

「カティナ様！　兄がご迷惑をおかけして申し訳ありません。妹のユーフィニアです、初めまして。どうかお見知りおきを」

ユーフィニア姫が進み出て謝罪と共に挨拶《あいさつ》をする。

「あ、ああ！　済みません、ご挨拶が遅《おそ》くなりました。カティナ・アスタールです。アデルとはアスタール孤児院で一緒に育った幼馴染《おさななじ》みなんですよ」

と、ユーフィニア姫とカティナが挨拶を交わす中、トリスタン達トーラスト帝国《ていこく》の一団とは、別の一団の姿が見えた。

「あれは、ラクール神聖国の――」

「ええ、アデル。私はラクールの駐留《ちゆうりゆう》聖女として働かせて頂いているから」

ラクールの駐留聖女という立場も、時を遡る前のカティナと同じようだ。

今回はユリアン王子の護衛でなくそちらの一団の護衛が、カティナの本来の役目だったのだろう。

「僕も一緒に連れてきて貰ったんだよ～。『四大国会議』には顔を出しに行こうと思ってたんだけど、一人で行くなって言われちゃってさあ。まあラクールの王宮にお世話になって、色々楽しかったけどね。カティナの料理も美味《おい》しいんだよ？」

「まあ、そんな事まで。本当にお世話になりました、カティナ様」

「いえ確かに無茶《むちや》ですが、元はと言えばユリアン王子は、野盗に人質《ひとじち》として捕《と》らわれたアスタール孤児院の子供を助けるために動いて下さったんです。同じアスタール孤児院の出身者として、とても感謝しているんですよ」

「それは……私からもお礼申し上げます、ユリアン王子」

と、アデルもユリアン王子に礼を述べる。

「いやいや、いいんだよ～。当然の事だから～。まあ現実的に考えてラクール神聖国っていうのは身分差が激しいから、野盗に攫《さら》われた平民の子達のために騎士団《きしだん》が動いたりはしないからね～。動ける人が動かないとさ」

「……確かに、ラクールのお国柄《くにがら》だとそうかも知れないね」

と、クロエがユリアン王子の言葉に頷《うなず》いている。

確かにユリアン王子やクロエの言うとおり、ラクールとはそういう国柄ではある。

このウェンディールにも勿論、王侯《おうこう》貴族や騎士などの身分差はあるが、ラクールの方がそれらが重視され、格差が大きい。

その中ではアスタール孤児院に暮らす孤児《こじ》など、取るに足らない存在だ。

ユリアン王子の言うような事も当たり前に起こるだろう。

そのあたりの事情を考慮《こうりょ》した上、単身で動いたという事だ。

流石《さすが》、ユリアン王子は各国を放浪しているだけあって、様々な事情に通じている。

このおっとりとした喋り方に騙《だま》されるが、ユリアン王子はこう見えて冷静な目で物事を見ている現実主義者である。

　それ故に時を遡る前の大戦では、四大国同士の争いによる各国の国力低下を見届けて、その後にウェンディール王国の再興に動けばいいと考え、実際にそうしていた。

　ただ、そのユリアン王子の考えは、世界と人々のために早く戦いを終わらせようとするユーフィニア姫《ひめ》の博愛主義、理想主義とは意見が食《く》い違《ちが》っていた。

　そのため二人は大戦中に一緒に行動する事は無かったのだが、兄妹の情は本物で、ユリアン王子はユーフィニア姫の死を知ると号泣《ごうきゅう》し、自分の行動を悔《く》いていた。

　苦い過去を思い出すアデルを横目に、クロエがカティナに問いかける。

「仕事場があの国じゃ、あんたも色々苦労してるだろ？　カティナ」

「そんな事は……自分が育った国のために働けるのは、名誉《めいよ》な事よ」

「まあまあ。難しい話はさておき僕も頑張ったから、カティナの料理をご馳走《ちそう》になる権利があるって事だよ。ユーフィニアも一緒に食べさせて貰おうよ、とても美味しいんだから」

「……ユリアン王子？　仮にも大聖女を何度も何度も食事係に使わないで頂けますか？」

　カティナがにっこり微笑《ほほえ》みながら言う。

「えええぇ～？　ダメなのかい？」

「そうは言っていません。ユーフィニア姫様《ひめさま》にご馳走するのであれば、喜んで。アデルもね？」

と、カティナはユーフィニア姫とアデルの方を見る。

「ああ、懐かしいな。是非《ぜひ》頼《たの》む」

カティナは料理が得意で、また献身的《けんしんてき》な性格もあり、孤児院で料理番をよく買って出ていた。だからアデルにとってはカティナの料理が、故郷の味のようなものだ。

「ふふふっ。カティナ様とお兄様はとても仲がよろしいのですね？」

ユーフィニア姫がにこにことしてそう言う。

「そうだね～。こんな綺麗な人、見た事が無いね～、見た目だけの問題じゃなくてね？」

「な、何を言っているんですか、ユリアン王子！　こんな人前で……！」

カティナは顔を紅くして、ユリアン王子の背中を叩く。

まあ、照れ隠しなのだろう。

一国の王子に対して不遜《ふそん》といえば不遜だが、それだけカティナとユリアン王子の仲が近いという証明でもありそうだ。

「え～？　現実的に考えて、僕の感じたままを言ってるんだけどね～。いたたたた、痛いよカティナ……！」

「まあ――あははは」

ユーフィニア姫は、それを見て楽しそうに笑っていた。

「そ、それより王子、他の方々にもご挨拶を。トーラストの方々へはまだですよ」

「お。そうだね！　トリスタンく～ん、元気だった～？」

そんな様子を見ながら、アデルも微笑んでいた。

「ふふっ……」

時を遡って変わった事もあれば、変わらない事もあるようだ。

カティナとユリアン王子は時を遡る前も恋仲《こいなか》で、大戦が終わった後は婚礼《こんれい》が行われる予定だった。

その惹《ひ》かれ合う人と人との相性《あいしょう》は健在のようだ。

ユーフィニア姫の、命を落としてしまう運命は変えようと思うが、カティナとユリアン王子の仲を変えようとは思わない。これでいいのだ、と思う。

そんな風に思いながら、アデルは一歩下がって、挨拶を交わす王族や大聖女達を見つめていた。

「カティナ様、将来の王妃《おうひ》様かも知れないわね～」

と、メルルが感想を述べていた。

「ああ、そうだな。大聖女をお妃《きさき》に迎《むか》えられるのは、ウェンディール王国としても願っても無い事だろうな」

マッシュがうんうん、と頷いている。

二人とも微笑ましそうにユリアン王子とカティナを見ていた。

『あ〜あ、あいつ死なねえかな』

そんな声に気がついたのは、三人の中でアデルだけだった。

つまり、神獣《しんじゅう》の声である。

振《ふ》り向くとまた勝手にクロエの影《かげ》から出てきていたようで、角のある白馬の姿があった。

「黙《だま》っていろ。お前には関係ないだろう」

ユニコーンが盟約する相手はクロエだ。

ユリアン王子に嫉妬《しっと》する必要は無いだろう。

『いや、でもさぁ姉ちゃん！　こちとら死活問題なんだぜ⁉』

また別の方向から声。

という事はペガサスだろうか。

「何がだ。とにかく静かにしていろ。勝手に外に出てくるな」

と、声がした方を振り向くと、そちらにも角のある白馬の姿が。

「ん⁉」

ユニコーンが二体いる？

見比べると、どちらがどちらか分からない、角のある白馬だ。

『チクショウ……！　いい聖女と盟約できたと思ってたのに』

『このままじゃまずいぜ、住処《すみか》が無くなる！』

さらに視線を少しずらすと、もう二体のユニコーンが。

「んんんっ⁉」

都合四体のユニコーンがアデルの視界の中にいた。

「な、何がどうなっている⁉」

「どうしたのアデル？　うわ！　ニコちゃんがいっぱい！」

「ゆ、ユニコーンの群れか⁉」

気づいたメルルとマッシュも声を上げる。

『て、てめえら⁉』

そして上から聞こえる声。

それはユーフィニア姫のペガサスのものだった。

『こんな所で何してやがる⁉』

と言うのは別のユニコーンで、五体目だ。

これはクロエのユニコーンのニコだろうか。

『て、てめえはペガ！』

『それに、ニコ！』

と、最初にアデルの近くにいたユニコーン達が言うので、やはり違うユニコーンだったのだろう。

『群れ追い出されてくたばったんじゃなかったのかよ⁉』

『偽物《にせもの》の駄馬《だば》と、弱虫の駄馬がよぉ！』

『あぁ⁉ 群れなきゃ生きていけねえクソザコ種族とは違いますんでねぇ、ワタクシめは！』

『けっ！　すっかりユニコーンの流儀《りゅうぎ》で生きてるくせに何言ってやがる』

と、ニコが鼻を鳴らしていた。

『あぁん⁉ テメーも群れ追い出されてるだろうが！　しかもユニコーンのくせに！　俺《おれ》より情けねえんだよ駄馬が！』

『うるせえ！　んな事より何でこいつらがここに⁉』

ペガサスとの言い合いをそこで打ち切り、ニコはユニコーンの群れに目を向ける。

『そりゃあ、うちの聖女様と一緒にいるからに決まってんだろ』

『おめえらは誰《だれ》か盟約してくれる聖女は見つけられたのかよ、ニコ、ペガ』

『どうせてめえらの聖女なんぞ、大した事ねえんだろうがな！』

そのユニコーンの群れの発言に、怒《いか》りを露《あら》わにするペガサス。

『あぁ⁉　ウチの聖女はお姫様だし聖女としての能力も最強クラスだっちゅうの！　見ろコラァ！』

その視線の先にいるのは、当然ユーフィニア姫だ。

『こっちは大聖女だぞコラァ！　ひれ伏《ふ》せ駄馬共！』

そのニコの視線の先には、当然クロエがいる。

『『『…………』』』

すると群れのユニコーン達は顔を見合わせ――

『あっはははははは！　おいおいおいおいおい⁉』

『ガキとちんちくりんじゃねーか！　一番大事な所を妥協《だきょう》し過ぎだろてめえら！』

『そんなんだから群れ追い出されるんだよ、駄馬共が！　聖女は見た目が一番だろうが！　見ろよウチの聖女様を！』

ユニコーン達の視線の先にいるのは、カティナだった。

「……！　このユニコーン達はどうやら、カティナの神獣らしい」

と、アデルはマッシュとメルルにそう伝える。

「カティナ様の？　全員？　凄《すご》いわね」

「ああ、カティナの集いの大聖女というのは、一人で抱えられる神獣の数が桁違《けたちが》いに多いからだからな」

『おら見ろ、ニコ！　ペガ！　ウチのカティナは能力もすげーし、顔も可愛《かわい》くてスタイルもサイコーなんだよ！』

まあ確かに、カティナはまだ子供のユーフィニア姫や、華奢《きやしや》なクロエに比べて出る所はしっかり出ている。

ユニコーン達の好みからすると、その方が好条件という事になるようだ。

『『ぐぬぬぬぬ……！』』

ユーフィニア姫のペガサスとクロエのユニコーンは、悔《くや》しそうに歯噛《はが》みしている。

『あ、アデルちゃぁあぁぁぁん！　何とかしてくれ～！』

『アデルちゃんのカラダなら勝てる！　ここは俺達《おれたち》の聖女って事に！』

すり寄って来ようとする二体を、アデルは火蜥蜴の尾《サラマンダーテイル》で縛《しば》り上げる。

「うるさい！　黙っていろ！」

本当に相手をしていると頭が痛くなる神獣達《しんじゆうたち》だ。

しかも肝心《かんじん》な時には逃げて前線に立たない事が多いし、いい所が見つからない。

アデルが契約《けいやく》しているケルベロスがとても行儀の良い人格者に思えてくる。

『『『『あああぁぁぁぁぁあっ！』』』』

と、いきなり悲鳴を上げるのはカティナのユニコーン達だった。

見ると、カティナはユリアン王子やユーフィニア姫、トーラスト皇帝《こうてい》やトリスタン、それにラクール神聖国の王族達と談笑《だんしょう》をしているのだが、その中でユリアン王子がカティナの肩《かた》にぽんと手を置いていた。

何の話をしているのかは少し分からないが、楽しそうである。

『てめえええええええ！　カティナに触《さわ》るんじゃねえええええええっ！』

『ぶち殺すぞコラアアァァァァァッ！』

『マズイマズイマズイマズイ！　このままじゃ俺達の安住のむちむちが……！』

「…………」

大騒《おおさわ》ぎするカティナのユニコーン達を見て、大体の事情をアデルは察した。

ユニコーンという神獣は、生娘《きむすめ》の聖女を好み、生娘としか盟約をしない。

カティナは無論その条件に当てはまっており、ユニコーン達としては機嫌《きげんよ》良く過ごしていた所に、現れたのがユリアン王子だ。

二人の関係が今以上に進展すれば当然男女の仲になるわけだが、それはユニコーン達にとっては住処を強制的に追われるという事に等しいのだろう。

そう考えれば少々気の毒——などとは微塵《みじん》も思わない。

とにかく下品で下劣《げれつ》でユーフィニア姫の教育に非常に悪影響《あくえいきょう》であると思うので、願わくは全員神獣の世界に帰って欲《ほ》しいものだ。

『『…………』』

こちらのペガサスとユニコーンも事情を把握《はあく》したようで、顔を見合わせる。

『『わはははははは！　ざまあぁぁぁぁぁぁっ！』』

そして世にも嬉しそうに笑い声を上げる。

『おいおいおいおいおい！　俺達にとって一番大事な基本中の基本をお忘れですかぁ!?』

『男に靡《なび》くような脳ミソぷるんぷるん女と盟約してどうするんですかねぇ!?　とんだ地雷《じらい》じゃねーか！　いやぁ、お目が高い駄馬さん達ですねぇ！』

『『『ぐぬぬぬぬ！』』』

今度はカティナのユニコーン達が悔しそうに歯噛みしている。

『お、おいそこのむちむちピンクのねーちゃん！』

『あんたもいい聖女だ！　カラダはカティナ以上かもしれん！』

『カティナの所にいられなくなったら、俺達と盟約してくれぇ！』

「うるさあぁぁぁぃっ！　黙っていろと言っている！」

いい加減付き合うのにうんざりしたアデルは、その場の神獣達を全員、火蜥蜴の尾《サラマンダーテイル》で簀巻《すま》きにした。

「い、いいの？　カティナ様のユニコーンまでぐるぐる巻きになってるけど？」

「ユニコーンも好きじゃないんだな、アデルは」

神獣達の言葉が聞こえないメルルとマッシュは、目を丸くしている。

「構わん！　ああ、本当にこの者達の相手をすると疲《つか》れる……」

これなら元剣闘士奴隷《けんとうしどれい》の部下達のほうがよほど知的で、まともだと言える。

めまいを覚えるアデルの後方から、聞き覚えのある声が聞こえた。

「あらあら、楽しそうですねえ？」

やや間延びしたような、おっとりとした口調。

振り向くと、温和そうな美しい顔立ちに、艶《つや》のある長い黒髪《くろかみ》の女性がいた。

「!?　アンジェラ・オーグスト！」

マルカ共和国のアンジェラ・オーグスト。マッシュの姉だ。

先日、シィデルの街でメルルの父親ウォルフ・セディスを唆《そその》かし、トーラストの皇太子トリスタンを暗殺しようとした実行犯だ。

「姉さんか――！」

「よ、よくも来られたわね、あなた……！」

マッシュとメルルも、表情を鋭《するど》くしてアンジェラを警戒《けいかい》する。

「え？　何を言ってるんですかあ？　各国の首脳が集まる国際会議に、マルカ共和国軍の人間が護衛に来て何が悪いんです？」

トリスタンは事を荒立《あらだ》てたくないから、マルカ共和国による暗殺未遂《みすい》は表沙汰《おもてざた》にはしたくないと言っていた。

そんな事をすればトーラストとマルカの間で戦争になる。

自分は人間同士で争う事は望まない、との事だった。

どうやらそれは、本当に実行されているらしい。

表立った問題になっていないから、アンジェラも足下《あしもと》を見て堂々とこんな場に顔を出してくるというわけだ。

仮にここでアンジェラを討《う》ったりすれば、それこそウェンディールの護衛騎士《きし》が突如《とつじょ》乱心し、何の罪も無いマルカ共和国の指揮官を襲《おそ》った事になってしまう。

それはもうアデル達が責任を取れば済む問題ではなく、マルカ共和国にウェンディール王国が攻撃《こうげき》されても文句は言えない。

国自体を滅《ほろ》ぼすような行動になってしまう。迂闊《うかつ》に手は出せない。

その事を理解したこちらが押《お》し黙ると――

「ふふ、よろしくお願いしますねえ？　お互《たが》い要人警護は大変ですけど、頑張《がんば》りましょう？」

アンジェラはにこにこと笑顔《えがお》を見せ、アデル達の横を通り過ぎて行く。

「厄介だな」

マッシュはその背中を見つめながら、そう呟《つぶや》いていた。

「うん。エルシエル様の事もあるのに、アンジェラまで――」

メルルもそれに同意していた。当然アデルも同調する。

「一層、気を引き締めて当たろう。何が起こるか分からん」

「ああ、そうだな」

「アデルの言う通りだね。前は迷惑《めいわく》かけた分、今度は頑張るから」

ただ一つ言える事は、時を遡《さかのぼ》る前のアデルは一人で戦ったが、今はそうではないという事だ。

その事がより、アデルを強くしてくれると、そう信じる。信じたい。

とにかく、より緊張感を持ち、より厳しく事に当たって行こうと思う。もう二度と、時を遡る前のような悲しい事態を引き起こさせないために。

第４章◆四大国会議

まだ物心がつくかつかないかの幼い頃、よく誰かの背中におぶられていた気がする。

それは自分より少し大きいだけの、まだまだ頼《たよ》りない子供の背中だ。

「うあああぁぁんっ！」

「ほらほら、泣かないのアデル！　先生だって許してくれたんだから！　自分が悪戯《いたずら》したのに、拳骨《げんこつ》で痛くて泣くのはかっこ悪いんだよ！」

「う、うううぅぅ！　カティナがそう言うなら」

「おねーちゃん、って言っていいのよ？」

とカティナが気取って言った瞬間《しゅんかん》、足を滑《すべ》らせてその場に倒《たお》れる。

「んぎゅっ！」

そもそもカティナもアデルと二つしか違わない子供だ。

アデルを背負って母親代わりのようにあやすのには無理がある。

その無理がたたって、カティナと一緒にアデルも床板《ゆかいた》に頭をぶつけていた。

「痛いいいぃぃいいっ！　カティナのバカ――――――ッ！」

「あいたた。ご、ごめんねえ、アデル」

そんな事があったような、なかったような。

多分、あったのだろう。

夢というものには、無意識に覚えている自分の記憶も現れるのだろう。

それから、アデルが今のユーフィニア姫くらいに成長して――

「よいしょっと」

アデルが横になっているベッドに、カティナが滑り込《こ》んでくる。

「か、勝手に入ってくるなよ、カティナ」

「いいじゃない。ついこの間まで私がいつも寝《ね》かしつけてあげてたんだから」

「いつの話をしてるんだよ、いつの」

「で？　顔にそんな青痣《あおあざ》作って、どこで何してきたの？」

「……」

「ねえ、聞いてる？」

「…………」

「ちょっと！　おねーちゃんにも言えないの⁉」

「……心配かけたくないんだ、お姉ちゃんに」

「え？　あ、ふふふっ。そうなの？　まあ仕方ないわね……あ、お菓子《かし》あるわよ食べる？」

アデルもカティナも親の顔も知らぬ孤児だが、カティナはアデルを本当の弟のようにしたがっていた。

孤児であるがゆえか、家族というものにとても強い憧《あこが》れを抱《いだ》いているようだった。

だからお姉ちゃん呼びをすると喜ぶというのは、この年《とし》の頃《ころ》には既に理解していた。

「ベッドの中で食べるなよ、汚《よご》れるだろ」

「ん？　にゃんひゃいっひゃ？（何か言った？）」

「おい！　だから汚れるから止めろって……！」

その頃から、アデルはアスタール孤児院のある貧民街《ひんみんがい》を根城にする質《たち》の良くない者達《たち》と揉《も》め事《ごと》を起こす事が多くなって行った。

彼等《かれ》はラクール神聖国の不良貴族とも結びついており――

その背後にあるものと衝突《しょうとつ》してしまったのは、それから数年後の事だった。

「ど、どうかお許しを！　この子も悪気は無かったんだと思います！　こんな事は二度とさせません、ですからどうか……」

カティナが足元に膝《ひざ》を突《つ》いて、深々と頭を下げている。

「カティナ！　止《よ》せ！　こんな奴《やつ》等に頭を下げる必要なんて無い！　危ないから帰れ！」

そう言うアデルは後ろ手に縛られ、複数の男達に囲まれていた。

彼等は貧民街のならず者だが、今いる場所は貧民街から離《はな》れた高級住宅街だった。

貧民街のならず者集団の裏には、その上納を受ける不良貴族の存在があった。

ならず者達と度々《たびたび》揉め事を起こし、上納を滞《とどこお》らせるアデルは彼等にとっても邪魔《じゃま》だった。

今回ならず者達が集めた上納金をアデルが奪《うば》ったためとうとうその逆鱗《げきりん》に触《ふ》れ、アスタール孤児院を潰《つぶ》すと脅《おど》され、囚《とら》われの身になってしまったのだ。

そこにアデルの身を案じたカティナがやって来た、というわけだ。

「そうは言っても、こちらもせっかく集めた金を奪ってバラ撒《ま》かれているのでなぁ。子供の悪戯じゃあ済まないんだよ？　分かるか？」

カティナの前に立つ身なりのいい男が、にやりと笑《え》みを見せる。

身なりこそ立派な貴族だが、その表情や纏《まと》う雰囲気《ふんいき》はならず者と大した違いは無い。

人間の品格というものは、決して着ている服や住んでいる場所では決まらないのだ。

「は、はい！　でもどうか、どうか――」

「ならば、お前に出来る事があるんじゃあないか？　見れば孤児院の貧乏娘《びんぼうむすめ》にしておくには惜《お》しい器量だ」

不良貴族の男は、カティナの顎《あご》を持ち顔を上げさせる。

そして逆の手は、カティナの着ている服を剥《は》ぎ取ろうとし始めていた。

「カティナ！　止せ、逃《に》げろ！」

アデルはそう叫《さけ》ぶのだが、カティナは動こうとはしない。

「そ、それでお許し頂けるのであれば……」

震《ふる》える声で、不良貴族の行為《こうい》を受け入れる構えだ。

「カティナっ！」

「ククク。ようし、いい子だ――」

男の手がカティナの服を破り、カティナの柔肌《やわはだ》が露わになる。

「ひゃ～！　見てるだけで堪《た》まんねぇ！」

「いいなぁ、ボス！」

「お、俺達も！　俺達も後で！」

「ははは。焦《あせ》るな焦るな。まあそいつをしっかり捕《つか》まえておけ」

「「へいっ！」」

「くそおぉぉぉっ！　カティナ！　カティナぁぁぁっ！」

アデルの叫びの中、貴族の男がカティナに覆《おお》い被《かぶ》さろうとして――

ドガアアァッ！

突如目の前に現れた何かに吹《ふ》き飛ばされる。

「ぐあああぁっ！」

壁《かべ》に叩《たた》きつけられ、貴族の男が呻《うめ》き声を上げる。

アデルは何もしていない。

男を弾《はじ》き飛ばしたのは、黒と赤の毛並みを持つ大きな獣《けもの》だった。

神々《こうごう》しい輝《かがや》きに包まれて、圧倒的《あっとうてき》な存在感を放つ気高い姿だった。

「し、神獣っ⁉」

その姿をこんなに近くで見るのは、アデルは初めてだった。

ましてや自分達を助けてくれるなど。

「え？　あ、あなたはこの間街外れにいた……？」

カティナも驚《おどろ》いて神獣の姿を見上げている。

「え？　私……？　え、ええ。ええ……それは構わないですけど……」

その神獣と言葉が通じるらしいカティナは、一言二言を交《か》わしていた。

そして神獣の姿が光となって消えていき、カティナの体に吸《す》い込まれていく。

今思えばこれは――聖女と神獣の盟約だった。

「し、神獣を操《あやつ》るとは⁉　で、ではお前、いやあなたは聖女殿《どの》⁉」

貴族の男は震え声でそう言った後、最初のカティナよりも更《さら》に深々と頭を下げた。

「こ、これは知らぬ事とは言えご無礼を致《いた》しましたあぁぁぁっ！　ど、どうかこの事は聖塔《せいとう》教団にはご内密に！　もう二度とあなた様やご友人に手出しは致しませんので、どうか、どうか――！」

聖女は聖塔教団の庇護《ひご》を受け、その地位と名誉は半端《はんぱ》な貴族などとは比較《ひかく》にならないのである。

そして孤児院《こじいん》の貧乏娘でも、聖女であればその事実が優先される。

その事を体感として知ったのは、これが初めての事だった。

「え、ええと……わ、分かりました。じゃあ帰りましょう、アデル」

「あ、ああ」

そしてその帰り道、アデルは気が抜《ぬ》けて腰《こし》も抜けた様子のカティナを背負っていた。

「もおおおぉぉおっ！　こんなの本当に運が良かっただけよ？　もう二度とこんな無茶はしないって約束してよ⁉　本当に心配して心配して心配して……！」

耳元で大きな声を出されるので、耳が痛い。

「わ、分かってる……！　カティナも俺を心配してくれるのはいいけど、無茶するのは止めてくれ。向こう見ず過ぎる」

「誰のせいよ誰の！　アデルが悪いんでしょうがあぁぁぁぁっ！」

首元を掴《つか》んで揺《ゆ》さぶられる。

「そ、それはそうなんだけどな！　でも、俺だってカティナの事は心配するんだ！」

「……！」

「だから頼《たの》むよ。もうあんな事しないでくれ、姉さん」

「……うん。お互いにね？　アデルは無茶しない、私も無茶しない。約束よ？」

「ああ、分かった」

カティナが聖女としての資質を見いだされ、アスタール孤児院を出る事になったのは、それからすぐ後の事だ。

あの時に感じた温《ぬく》もりと優《やさ》しい香りに、今もアデルは包まれている。

とても温かく、母性というものを感じさせてくれる温もりに。

「…………」

目を開くと、柔《やわ》らかな朝日が差し込むベッドの上だ。

アデルはカティナに頭を抱かれて、その胸に顔を埋《う》めるような格好になっていた。

カティナが久しぶりに一緒《いっしょ》に寝ようと言うから、護衛騎士詰《きしつ》め所《しょ》のアデルの個室で共に眠《ねむ》りについたのだ。

カティナに割《わ》り振られた客室の方がベッドも大きく内装も豪華《ごうか》だと思うのだが、こちらがいいそうである。

しかし起きた途端《とたん》にカティナの鼓動《こどう》まで聞こえそうな程《ほど》に密着していて、近い。

カティナがアデルの頭を抱いているせいなのだが、少々罪悪感を感じなくもない。

どうも時を遡った今の状態でのカティナの認識《にんしき》は、昔からアデルが女性だったという事になっていそうである。

だから気にならないのかも知れないが、アデル自身の意識は男性なのである。

やはり性別を偽《いつわ》って悪い事をしているような気分になる。

ただ、カティナはアデルが男性のままでも同じ事をしていた疑いは少しある。

いや流石にないだろうか？　既《すで》にユリアン王子と出会っているという事もある。

「カティナ、カティナ。起きてくれ、もう朝だぞ」

満足そうにアデルの頭を抱《だ》き枕《まくら》代わりにしているカティナに声を掛《か》ける。

「ん……？　ふぁ……おはよう、アデル」

「ああ。起こして済まないが、私は姫様のお側《そば》に控《ひか》える支度《したく》をせねばならん。放して貰《もら》えるだろうか？」

「え？　あはは、ごめんなさい。懐《なつ》かしくってつい――アデルと一緒に寝ていたからか、アスタール孤児院の頃の夢を見たわ」

「ああ、私もだ。小さな頃のカティナが背負った私ごと転んで、私が大泣きさせられていたな」

微笑みながらベッドを降り、着替《きが》えや身支度《みじたく》を始めながらアデルは応じる。

「あ、私もそれ見たわ！　あはははは、本当に懐かしいわね」

「笑い事ではないぞ、痛かったんだ。カティナはすぐに大人の真似《まね》をしたがるものだから困る」

「そうねえ、若気の至りって奴ね。ふふふっ」

思い出すと可笑《おか》しいらしく、カティナはくすくすと笑う。

そしてそれから、気持ちよさそうに大きく伸《の》びをした。

「ん……っ。おかげでよく眠れたわ、ここの所あまりよく眠れていなかったから」

「そうなのか？　疲れが溜《た》まっているのか？」

「そんなつもりはないんだけど……そうかも知れないわね。『四大国会議』の護衛なんて、偉《えら》い人が沢山《たくさん》いて何かあったら大変だし」

「気疲《きづか》れするのはそうかも知れないな。孤児院出の私達とは違う世界の方々だ」

そう応じながら、アデルは身支度を続ける。

脱《ぬ》いだ夜着を放り出し、水桶《みずおけ》の水で顔をさっと洗う。

無造作にいつもの護衛騎士の服を着込《きこ》み、長い髪《かみ》をざっくりと手櫛《てぐし》で整え——

「……ちょっとアデル、それは何？」

「ん？　仕事に向かう支度をしているだけだが？」

「そうじゃないでしょ、もっと丁寧《ていねい》にしなきゃ駄目《だめ》！　もうほらそこに座《すわ》りなさい、そもそも服をそんな風に脱ぎ捨てないの！」

「……!?　そ、そうか？　す、済まない……」

「で、櫛《くし》はどこにあるの？」

「え？　どこにあったかな。暫《しばら》く使っていないのでな」

「使いなさいよ、もう！　せっかくそんなに可愛いのに！　もう、私が持ってきたのを使うわよ？」

「あ、ああ。頼む」

カティナは自分の櫛でアデルの長い髪を梳《と》かし始める。

何というか手つきが優しくて――気持ちがいいかも知れない。

「上手《うま》いな、カティナ」

「普通《ふつう》よ。でも、アデルはずっと髪が短かったからこんな事するのは初めてかもね？」

ちょっと鼻の高そうなカティナだが、その手から櫛が滑り落ちてしまう。

それだけでなくよろめいて、その場に膝を突いてしまう。

「うぅっ……！」

「カティナ⁉　大丈夫《だいじょうぶ》か、カティナ⁉」

アデルはすぐにカティナを支えて、助け起こす。

「あ、ありがとう。大丈夫よ、ちょっとよろめいただけだから。最近時々こうなるのよ」

「最近とはいつだ？　あまり長続きするようだと心配だ」

「『四大国会議』のためにラクールを出る少し前、かな多分。うん、でももう大丈夫よ」

「医者には診《み》て貰っているのか？」

「ええ、ラクールの宮廷医《きゅうてい》の先生に見て貰ったけれど、特に異常は無いって。だから疲れているだけかなって思うけど……」

カティナは再びアデルの髪を櫛で梳かしながらそう言う。

「そうか……念のため姫様《ひめさま》にお願いして、こちらでも医者に診て貰おう」

「あ、それはユリアン王子が昨日連れて行って下さったわ。やっぱり特に異常は無いって」

既に先を越《こ》されていたようだ。

ユリアン王子は中々出来た人物だ。カティナを大切にしてくれて嬉《うれ》しいと思える。

「そうか……ならば様子を見るしかないか。とにかく無理だけはするなよ。何か出来る事があれば何でも言ってくれ」

「ええ、ありがとうアデル。さ、出来たわ」

「ありがとう。いつもより髪の手触《てざわ》りがいい気がするな」

「さ、ユーフィニア姫様の所に行くんでしょう？　私もご挨拶《あいさつ》させて頂こうかしら」

「ああ、なら一緒に行こう」

そうして身支度を整えて、ユーフィニア姫《ひめ》の居室に向かう。

いつもならまだユーフィニア姫は起きているかいないかという時間だが――

今日は沢山並んだ本棚《ほんだな》の一角から、楽しそうな声が聞こえた。

「わぁ！　お兄様、こちらの本はとても面白《おもしろ》そうです！」

「そうでしょうでしょ？　ユーフィニアが好きそうだなあって思ってね～」

「ふふっ。重いのに遠い所を持ってきて頂いて、ありがとうございます！」

「いいんだよ。そんな風に喜んで貰えたら、持って帰ってきたかいがあるってものだよ～」

声のする方を見に行くと同じ椅子《いす》の後ろにユリアン王子が、その膝の間にユーフィニア姫が座り、楽しそうに笑い合っていた。

仲睦《むつ》まじい兄妹《きょうだい》の美しい光景だ。

あんな風にユーフィニア姫に膝に座って貰えるのは、少々嫉妬してしまわなくもない。

◆◇◆

更にその翌々日――

「……高い緊張《きんちょう》感を保たねばならんのというのに、これは何なのだろうか？」

鏡に映るアデルは、髪色《かみいろ》に合わせた色合いのドレスに身を包んでいた。

ドレス自体にウェンディール王国を象徴《しょうちょう》するウェルナフェアの花があしらわれており、アデルの長い髪を普段《ふだん》と違《ちが》う髪型《かみがた》に結《ゆ》い上げるのも、ウェルナフェアの髪飾《かみかざ》りである。

正直言って、とても可愛らしいのは間違《まちが》いない。

それだけでなく、やや大きく開いた胸元《むなもと》は柔らかく盛り上がり、艶《なま》めかしさが半端ではなかった。

思わずアデル自身の目を釘付《くぎづ》けにしてしまう程に、魅力的《みりょくてき》な姿である。

「…………」

指先で、自分の胸元に軽く触れてみる。

弾力《だんりょく》のある独特の柔らかさが、指先から伝わってくる。

そして、罪悪感を覚える。一体何をやっているのだろう。

「アデル～？　もう着替え終わった？」

メルルがアデルのいる仕切りの内側に、ひょこんと顔を出す。

「わ⁉　メルル、いきなり断り無く入って来るな！」

「ええ？　ちゃんと声かけたわよ？　アデルが聞いてなかったんでしょ？」

少々不服そうなメルルである。

「そ、そうか？　済まん、聞こえていなかったようだ」

「なになに、自分で自分に見とれちゃってたの？　でも気持ち分かるわよ～？　すっごい可愛いし似合ってる！」

「そ、そうか？　あ、ありがとう。礼を言う……」

「……も～。アデルは普段はキリッとしてるのに、こういう可愛い格好すると途端に恥《は》ずかしがるわよね、もっと自信持って堂々としてなさいよ」

そう言いながら、メルルはアデルの両肩《りょうかた》に手を置き揉みほぐすようにする。

「し、仕方が無いだろう。こういう事には慣れないんだ」

大の男に可愛いドレスを着せて人前に出したら、それは恥ずかしがるし怯《おび》えもする。

今のアデルの状況《じょうきょう》は、そういう事である。

「だめだめ、そんな事言ってちゃ！　各国の皆様《みなさま》を歓迎《かんげい》するパーティーに姫様がいらっしゃるんだから、それを側でお守りするほうも場に相応《ふさわ》しい格好をしないとね？」

「だったらメルルが、これを着てくれればいいだろうに」

『四大国会議』の開催《かいさい》に際して、前日に催《もよお》される歓迎の宴《うたげ》。

開催地《かいさいち》であるウェンディール王国が各国の出席者達を華《はな》やかにもてなしたいと考えるのは当然で、ユーフィニア姫も着飾《きかざ》ってその場に臨《のぞ》む事になる。

護衛騎士としてはそのユーフィニア姫の側に控えて、何かがあった時に備えて目を光らせる事になる。

その役目がアデルという事になり、場の雰囲気を損《そこ》なわぬようにとドレスに着替《きか》えさせられたという訳だ。

ちなみにマッシュとメルルは会場の入り口での警備に回るため、メルルは普段の格好のままだ。

「まあまあ、そっちのほうがみんな喜ぶし？」

「？　何のことだ？」

アデルはきょとんと首を捻《ひね》る。

「うわ……ま、まあここはアデルに任せたわよっ」

メルルが後ろからぎゅっと抱きついてくる。

そうするとアデルの背中でメルルの胸の膨《ふく》らみが潰れて、柔らかな感触《かんしょく》を伝えてくる。

それがどうしても気になってしまい、アデルとしては慌《あわ》ててしまう。

「こ、こらメルル。何をやっている⁉」

振《ふ》り向くと、メルルの顔がすぐ目の前にあった。

息遣《いきづか》いが直接伝わりそうな程の近さだ。

そして綺麗《きれい》に整ったメルルの顔が、どこか妖《あや》しい笑みの形になる。

「ふふ……でも、アデルが人のものになっちゃうのは、ちょっと妬《や》けちゃうなあ」

と言いながら、顔が更に近づいてくる。頬《ほお》をそっと撫《な》でられた。

「メ、メルル……⁉」

その瞳《ひとみ》が紅《あか》く妖しく輝き、背に朧気《おぼろげ》に蝙蝠《こうもり》の羽のような影《かげ》が見えた。

「！　リリスか！　メルルに憑依《ひょうい》して人をからかうんじゃない！」

アデルがメルルを揺さぶると、メルルがはっと目を覚ましたような顔をする。

「んん……っ⁉　あれ、あたし――何かぼーっとして」

そう言うメルルの瞳は元の色に戻《もど》っていて、背中に見えた蝙蝠の羽の影もない。

代わりにその上の方に、ふわふわと漂《ただよ》う蝙蝠の羽を背に持つ少女の姿が。

先日ユーフィニア姫が新たに盟約した神獣《しんじゅう》、リリスだった。

『ふふふ、ごめんね？　びっくりした？　でも二人とも可愛いから、とっても絵になるわよ？』

「あ、リリスちゃん」

「全く。悪戯は止せ」

ペガサスに比べれば遥《はる》かに大人しく行儀《ぎょうぎ》が良いリリスだが、悪戯好きではある。

人に憑依して操る事が出来るので、時々メルルに憑依しては、今のようにからかってきたりする。

メルルに憑依した状態で入浴中のアデルの元にやって来て、マッサージをすると言ってあちこち体を触られた事もある。

リリス曰《いわ》く特にメルルとは相性《あいしょう》が良く憑依しやすいらしい。

先日の事件では封獣板《ふうじゅうばん》に囚われ、長い間メルルに憑依させられていたようだから、それで馴染《なじ》んでしまったようだ。

「いや、あたしはいいわよ？　だんだん何があったか覚えてるようになってきたし、いざという時の訓練になるしね？」

何の訓練かというと、リリスが憑依した状態で戦う事だ。

そうすると、メルルの力は普段より強くなる。

アデルの『神獣憑依法《しんじゅうひょうい》』ほど爆発的《ばくはつてき》ではないが、似ていると言えば似ている現象だ。

ただ、気の術法によってもたらされる現象ではなく、リリスという神獣がそういう能力を持っている、という事になる。

誰《だれ》かに憑依して体を操る時、本人よりも力を増して戦う事が出来るのだ。

シィデルの街で、メルルがトリスタンへの刺客《しかく》として操られていた時もその状態だったわけだ。あの時は更に『嘆《なげ》きの鎧《よろい》』の力も上乗せされ、驚異的《きょういてき》な力を発揮していた。

最近は皆《みな》で戦闘《せんとう》訓練を行う時には、メルルはリリスを憑依させる戦法を良く試《ため》していた。

それもあって段々と、リリスに体を貸している状態の記憶《きおく》を留《とど》めておけるようになって来たらしい。

「……私は良くないんだがな」

メルルに憑依したリリスの悪戯を受けるのは、いつもアデルなのだ。

まあ、メルルはリリスに憑依されなくてもアデルにちょっかいをかけてきたりするので、それほど変わらないと言えばそうなのかも知れない。

「まあまあ、あたしもリリスちゃんの言葉が聞ければいいのになぁ」

メルルの視線を受けるリリスは、にこにこと微笑《ほほえ》んでいた。

と、部屋の扉《とびら》が開きユーフィニア姫が姿を見せる。

その姿、髪型もいつものものではなく、水色の可愛《かわい》らしいドレスと、ウェルナフェアの花に彩《いろど》られた天使のような姿だった。

「アデル！　わぁ、とても似合っています！　すごく綺麗ですよ！」

「姫様っ！　おおぉ、これはよくお似合いで！　何とも可愛らしい！」

ユーフィニア姫はアデルを見て顔を輝かせ、アデルはユーフィニア姫を見て顔を輝かせた。

その喜びぶりが、傍《はた》から見れば主従で姉妹《しまい》のようにそっくりだった。

「ほら見て下さい、アデル。髪飾りはわたくし達でお揃《そろ》いですよ？」

「おお……！　本当ですね、これは何と光栄な！　ありがとうございます、姫様！」

ユーフィニア姫がこんなに喜んでくれるのならば、着飾ってみるのも悪くはない。

同じ髪飾りを身に着けられるのも、女性の体になったが故の特権だろう。

「……ふふふっ。アデルがこんなに素直《すなお》に人にお仕えしているなんて、何だか嘘《うそ》みたいだわ。アスタール孤児院にいた時とは別人みたいね？」

アデルとユーフィニア姫の様子を見て、カティナがくすくすと笑っていた。

そのカティナの格好も、ウェンディール王国の象徴であるウェルナフェアの花をあしらったドレス姿だ。その優しい色合いが、カティナの清楚《せいそ》な魅力《みりょく》をより引き立てている。

「人間、お仕えすべき方と出会えば変わるものだ。姫様のおかげで私は生まれ変わったのだ」

アデルはそう言って胸を張る。

「そう……ありがとうございます、ユーフィニア姫様。アデルをこんなに立派にして頂いて」

「いいえ、カティナ様！　アデルは初めからとても強くて勇ましくて、でも優しくて。わたくしの方こそ、アデルには助けられるばかりで。本当にいい人に護衛騎士になって貰いました」

「ひ、姫様！　何ともったいないお言葉をッ！」

目の前でそんな風に言われたら――感動で前が見えなくなる。

そんなアデルの様子を、カティナは可笑しそうに眺《なが》めていた。

「あははははっ。でも、こんな様子のアデルは見た事がありませんから、ユーフィニア姫様のお心が余程《よほど》響《ひび》いているのだと思いますよ？　相性がそれだけよろしいのだと思います」

「はい、そうであると嬉しいです」

ユーフィニア姫は天使のような清らかな笑みを浮《う》かべ、こちらに向けてくれる。

それを見ると、少し落ち着いた視界の歪《ゆが》みがまた激しくなる。

もっとその姿を見ていたいのに、体が見せてくれない。厄介《やっかい》な事だ。

「カティナ様。アデルって小さい頃どんな子だったんですか？」

と、メルルがカティナに問いかける。

「アデルの小さい頃……そうですね、一言で言えば――男の子、ですね。髪なんて男の子と変わらないくらい短くて、そのあたりの男の子なんて敵《かな》わないくらい喧嘩《けんか》が強くて、いつも泥《どろ》だらけ、傷だらけでしたね」

「まあ、そんな……」

「あははっ。ホントにそれ、男の子ですね」

「し、仕方ないだろう。止めてくれ、カティナ」

自分は男だったのだから、髪が短くても、泥だらけでも仕方がないだろう。

まあ男の子としても、少々やんちゃが過ぎていたような気がしなくもない。

どうもカティナの記憶の中では、アデルが記憶している幼い頃の自分が、実は女の子だったという事になっているようだ。

となると、よりとんでもないお転婆娘《てんばむすめ》という事になってしまうではないか。

「私の言う事なんて何も聞いてくれないし、食事当番も掃除《そうじ》当番も、アデルがサボる分、いつも私が……！　ああ、思い出すとちょっと、色々話し合わなきゃいけない事があるわね？　アデル？」

「わ、悪かった、カティナ。迷惑をかけた分は、いずれ必ず恩返しをさせて貰おう」

「本当に？」

カティナがじっとアデルの方を見つめてくる。

「ああ、勿論《もちろん》だ」

「まあ、そういう事が言えるようになった時点で成長ね。期待しないで待っておくわ」

「いえ、きっと大丈夫ですよ。これから毎日顔を合わせるようになるのですから。そうですよね、アデル？」

ユーフィニア姫がにこにこと、アデルに問いかけてくる。

「ん？　しかし姫様、カティナはラクール神聖国の駐留《ちゆうりゆう》聖女ですからそれほど頻繁《ひんぱん》には

「ですが、カティナ様はいずれこちらでお暮らしになられるでしょう？　そうすれば――」

「……」

「……！」

意味を察したカティナが、少々頬を赤らめる。

「ああ、そうですね」

つまり、カティナがユリアン王子と結婚《けっこん》をし、王子の妃《きさき》として、将来の王妃《おうひ》として、ウエンディール王宮で暮らすようになる、という事だ。

そしてユーフィニア姫が自らそれを言うという事は、ユーフィニア姫は二人の仲を祝福し、カティナが王家に入る事を望んでいるという意思表示でもある。

「頼むぞ、カティナ。私に恩返しさせやすいようにしてくれ」

アデルはにやりと笑みを浮かべつつ、カティナの肩《かた》をぽんと叩く。

「な、何を言っているの、アデル」

「お待ちしていますね？　カティナ様」

ユーフィニア姫もカティナに笑顔を向ける。

「ひ、姫様まで……止して下さい、きっとユリアン王子は孤児院出の大聖女が珍《めずら》しくて、面白がっているだけで……」

「いいえ、そんな事はありません……！」

と、ユーフィニア姫がカティナの手をぎゅっと握《にぎ》る。

「ユリアンお兄様はああいう飄々《ひょうひょう》とした感じですが、女性に対してあんな事を言うのは聞いた事がありません！　一人でどこへでも行ってしまうお兄様がカティナ様の言う事は聞いて一緒に戻ってくるのも、カティナ様と一緒にいたいからですし、わたくし達にカティナ様を紹介《しょうかい》したかったのだと思います」

「そ、そうなんですか？」

「はい！　絶対に。ですから、お兄様の事を信じてあげて下さいますか？」

「……は、はい」

ユーフィニア姫の真剣《しんけん》な表情に心を動かされたのか、こくんと頷《うなず》くカティナだった。

見ていると、どちらが子供か分かったものではない。

ユーフィニア姫の、人としての器の大きさがそうさせるのだろう。

アデルもカティナも、そして他の誰も、ユーフィニア姫は優しく穏《おだ》やかに包み込んでくれるのだ。

「姫様、カティナ様も一緒にドレスをってお誘《さそ》いしたのは、ユリアン王子に見せて差し上げるためだったんですね」

「はい！　きっとお喜び頂けますよ？」

　メルルの問いに、ユーフィニア姫は笑顔《えがお》を浮かべて頷いた。

「実はクロエ様もお誘いしたのですが、断られてしまいました」

「まあクロエ様は、そういうのはガラじゃないとか仰《おつしや》りそうですもんね」

「ええ、本当にそう言っておられました」

　ユーフィニア姫とメルルが、くすくすと笑い合う。

「さあ姫様、そろそろ会場に向かいましょう。もうお時間ですよ？」

「ええ、分かりましたメルル。さあアデルも、カティナ様も参りましょう？」

「ははっ！　お供致します！」

「はい、姫様」

　先に動き出すユーフィニア姫とメルルが部屋を出て、二人になるとカティナはアデルに言う。

「本当にいい方にお仕えできたわね、アデル」

「ああ。それもカティナのおかげだ、小さい頃は本当に迷惑《めいわく》をかけた」

　そう言って、アデルは再びカティナの肩をぽんと叩く。

「だからこそ、カティナの幸せを祈《いの》っている。何も心配はいらない、今まで苦労をしてきた分、きっといい未来が待っているさ。私には分かる」

人と人との縁《えん》は、多少の違いや狂《くる》いがあっても変わらないもの。

アデルとユーフィニア姫がそうであるように、カティナとユリアン王子もそうであるに違いない。

「ええ、ありがとう、アデル。そう信じるわね」

「ああ、それがいい。さあ、行こうか」

「あ、ちょっと待って！　どこか変な所は無いかしら？　髪飾りが曲がっていたりとか」

姿見の前に立ち、最終的な自分の姿を確認《かくにん》するカティナ。

そわそわとして、落ち着かない様子だ。

こういうカティナは、アデルもあまり見た事が無い。

これが恋《こい》をする、という事なのだろう。

「大丈夫だ。何も問題は無いぞ。自信を持て」

何となく微笑ましい気分になりながら、アデルはカティナを励《はげ》ました。

「そ、そう？　そうよね、うん」

そう頷いたのだが、カティナは直後にはぁとため息をつく。

「こんな事は初めてだから、何て言うか……すごく落ち着かないわね」

「まあ、そういうものなのだろうな？」

「アデルは、恋人《こいびと》とかそういう経験は無いの？」

「あ、あるわけ無いだろう！　私は男……あ、いや、私は姫様の護衛騎士《きし》だ。それ以外の事に興味は無いからな」

「そう」

「まあ、カティナはどっしり構えていればいいだろう。ユリアン王子の恋人なのだからな」

「恋人かどうかは……別にはっきり言われたわけじゃないし――」

「何？　違うのか？　では何も無かったと」

「え？　ええと……」

カティナの頬がかなり上気して真っ赤に染まる。何かを思い出しているのだろうか。

「あ、あのね、誰にも言わないでね？　約束ね？」

「ああ。分かった」

アデルが頷くと、カティナは自分の唇《くちびる》にそっと指先を触れる。

「こ、こっちはね……その、一回だけ……」

「そ、そうか……？」

そんな事を聞かされても困ってしまうが、仲は進展しつつあるという事か。

「と、とにかくユーフィニア姫の仰っていた通りだ。ユリアン王子はああ見えてしっかりされたお方だ。カティナは信じて構えていればいい」

「え、ええ……そうよね、分かってはいるつもりなのよ。はぁ」

また、ため息。

恋わずらいというのは、中々に大変なものだ。

「アデル！　カティナ様！　早く早く！」

メルルが扉から顔を出して、手招きしてくる。

「ああ、済まん。さあ行こう、カティナ」

「ええ……ふぅ、よし！」

カティナは一つ息を吐《は》くと、自分の両頬を軽く叩いて気分を切り替《か》えていた。

そうして部屋を出て扉を閉めると、向こう側から何かが聞こえてくる。

『や……やべえやべえやべえ！』

『カティナが！　カティナがやられる！』

『ち、ちくしょう！　何も出来ねえのか俺達《おれたち》は⁉』

『『ぎゃはははははは！　あーっはっはっはっは！　ヒィーッヒッヒヒヒヒ！』』

『るせえ！　ペガ！　ニコ！』

『ぶっ殺すぞコラアアァァァァッ！』

聞く価値もない、取るに足らない会話だ。

アデルにそれに構うつもりはなかった。

「な、何？」

「気にするな、カティナ。私達《たち》にはやるべき事がある」

アデルは振り向こうとするカティナの耳を塞《ふさ》ぎ、前を向かせる。

カティナには大事な時なのだから、あんな者達の馬鹿騒《ばかさわ》ぎに邪魔《じゃま》させてはならない。

◆◇◆

「今年もつつがなくこの宴を迎える事が出来る事を、嬉しく思いますぞ」

宴の会場で皆の前に立つウェンディール王が、笑顔でそう呼び掛ける。

「ラクール神聖国、トーラスト帝国《ていこく》、マルカ共和国、ティリング領主連盟。四大国の皆様と我《わ》がウェンディールとが、手を取り合い、聖塔の加護の下、世界をより良い方向に導いていきましょうぞ！　それでは、乾杯《かんぱい》！」

「「「乾杯っ！」」」

出席者の皆が手にした杯《さかずき》を掲《かか》げ、声を揃える。

そして杯に口をつけるが、当然アデルの杯の中身は酒ではなく、ただの果実のジュースだ。護衛騎士としてユーフィニア姫の側に付く者が、酔《よ》っ払《ぱら》っていては話にならない。

しかも女性の体になってから、アデルは酒に弱くなってしまったようで、少し飲むとすぐに酔ってしまうのだ。

『四大国会議』には時を遡《さかのぼ》る前もユーフィニア姫の護衛として臨席した事があるが、当時のアデルはとても酒に強く、更に全身黒の『嘆きの鎧』を身に纏《まと》ったままでこの場にいたので、一部の人間には逆に目をつけられて、飲み比べの相手をさせられたりしていた。

結果誰にも負けた事は無く、会場も意外と盛り上がったりして、酒の強さは結構自慢《じまん》だったのだが、今のアデルはその能力を失った。

となれば酒を口にするわけには行かない。

見た目は実に華やかな、平和の象徴たる宴だが、何があるか分からないのだ。

一切《いっさい》の油断なく、最大限の緊張を持ってユーフィニア姫とこの場を守らねばならない。

結局あれからエルシエルの青竜《せいりゅう》の姿は見つからず、トーラストの騎士団《きしだん》長マールグリッド達の協力も空振《からぶ》りになっている状態だ。

それだけに、ここで何かある可能性は否定できない。

エルシエルの狙《ねら》いが何であるか、本当のところははっきりしないが、時を遡る前はその行動の結果が四大国を二つに分けて激突《げきとつ》させた大戦である事を考えると、今度もそれに繋《つな》がるような行動を取って来るのだろう。

そうなると、やはりこの『四大国会議』に集まる各国の国主達に手を出すのが一番だ。

更《さら》に、マルカ共和国のアンジェラの存在もある。

トリスタンの暗殺を企《くわだ》てた事は忘れてはならない。

無論アンジェラの独断でそんな事を行うはずが無く、裏にはマルカ共和国としての意図がある。つまり、他の三大国を滅《ほろ》ぼしマルカ共和国が世界を握りたいという望みを持ち、実際に動く国だと言う事だ。

他の三大国――

ラクール神聖国は、かつて四大国が一つだった聖王国時代の正当後継《こうけい》は自分達だったという自負があり、機会さえあれば他の大国の併合《へいごう》と聖王国の復活を望むだろう。

マルカ共和国ほど直接的な行動は起こさないが、根っこは似たようなものだ。

トーラスト帝国は、皇帝《こうてい》やトリスタンを見ていると、自分から他国を侵《おか》すつもりは無さそうだし、アンジェラの暗殺未遂《みすい》を表沙汰《おもてざた》にしないという方針を見ると、一番穏便《おんびん》かも知れない。

あの件の詳細《しょうさい》について、トリスタンがどのように皇帝に報告していたのかは気になる所だ。自分が暗殺されかけた事は伏《ふ》せたのか、それとも皇帝には素直に伝えて、やはり表沙汰にしないという方向で話をつけたのか。

いずれにせよ、時を遡る前の狂皇《きょうこう》トリスタンとは全く違う。

そしてティリング領主連盟は、あまり他国には干渉《かんしょう》をしない国だ。

対外的な行動は鈍《にぶ》く、それが何故《なぜ》かというと、領主連盟との名の通り、それぞれ独立した領地を持つ領主達による合議制の国であり、その意思統一には時間がかかるという特徴《とくちょう》がある。

それだけに全体が同じ方向を向いた時の底力は凄《すさ》まじく、時を遡る前の大戦では、南邦連盟の勝利に多大に貢献《こうけん》していた。

ただ、数多くいる領主の中には、他国を切り取って自領を増やしたいと望む者もいるだろう。

いずれにしろ、必ずしも今の四大国時代をそのまま維持《いじ》していこうという国ばかりではないという事だ。

狂皇トリスタンが現れずとも、大戦へと至る萌芽《ほうが》はある。それは間違いない。

そんな風に考えながら、アデルは各国の国主や、要人達と挨拶を交《か》わし歓談《かんだん》するユーフィニア姫の側に控え、周囲に注意を払《はら》い続けていた。

――宴が始まって暫くが過ぎたが、今の所は和《なご》やかなものだ。

そんな中、何人もの客人達との挨拶を終えたユーフィニア姫が、ふうと一息をつく。

「少し疲《つか》れてしまいましたね」

「姫様、少々お休みになって下さい。こちらをどうぞ」

アデルはすっと飲み物を差し出す。

ユーフィニア姫が好きな紅茶を冷やしたものだ。

目が見えるという事は、こういう時に非常に助かる。

時を遡る前の盲目《もうもく》の時は、ユーフィニア姫の喉《のど》が渇《かわ》いた、お腹《なか》が空《す》いた、という事までは読み取れなかった。

「ありがとうございます、アデル」

と、ユーフィニア姫は杯に口をつけ喉を潤《うるお》した後、会場の真ん中のほうを見て笑顔を浮かべた。

「まあ――アデル、アデル。あれを見て下さい」

その視線の先には、ユリアン王子とカティナの姿があった。

二人は会場に流れる音楽に乗って、ダンスを踊《おど》っている。

カティナの動きが少々ぎこちないのは、仕方が無いだろう。

アスタール孤児院《こじいん》では、ダンスなど習う機会は無いのだから。

聖塔《せいとう》教団では多少は教えるかも知れないが、別に聖女にとってダンスが必須《ひっす》でもない。

カティナ自身、体を動かす事がそれほど得意というわけでもなかった。

聖女に求められるのは、あくまで神獣と盟約し、その力で聖塔を打ち建て聖域を生み出す聖女の力だ。

だが、そんな少々動きのぎこちないカティナを、ユリアン王子が上手く支えていた。

多少足を踏《ふ》まれたり蹴《け》られたりしても、にこにことして優《やさ》しくカティナを見つめている。

カティナも緊張しつつも、ユリアン王子に支えられて嬉しそうだ。

「お二人は、本当に仲がよろしそうですね。素敵《すてき》です」

ユーフィニア姫は、キラキラと瞳を輝《かがや》かせている。

読書が趣味《しゅみ》のユーフィニア姫は、恋愛《れんあい》を題材とした物語も当然、嗜《たしな》んでいる。

何かの物語となぞらえて、ユリアン王子とカティナを見ているのだろうか。

カティナは今でこそ聖塔教団の大聖女であるが、元々はアスタール孤児院で育った身だ。

身分差のある男女の物語などは、それに当て嵌《は》まるかも知れない。

そういう物語も、ユーフィニア姫は読んでいたような気がする。

「身分違いの恋……！　だけど意地悪な義理の母や小姑《こじゅうとめ》の妨害《ぼうがい》も、二人の絆《きずな》を断《た》ち切る事は出来ず……！　ああ、カティナ様、辛《つら》い事も沢山《たくさん》おありでしょうが、どうか歯を食いしばって頑張《がんば》って下さい……！」

考えが口から漏《も》れているユーフィニア姫だった。

やはりカティナを恋愛物語の主人公か何かと混同しているようである。

純情可憐《じゅんじょうかれん》で器も大きく、聖人君子を絵に描《えが》いたようなユーフィニア姫だが、こういう夢見がちな所もある。

お気に入りの恋愛物語を読んだ後は興奮してその内容を盲目のアデルに語ってくれたりした。当時はそんなユーフィニア姫の様子を珍しいな、と思いながら耳を傾《かたむ》けたものだ。

だが決して、そんな時間も悪いものではなかった。

その時は弾《はず》んだ声の調子だけが聞こえていたが、こんなにキラキラと瞳を輝かせていたのだという事が今、分かった。

それはとても微笑ましいものだが――一つだけ、気になる事がある。

「しかし姫様。小姑というのは姫様の事ではありませんか？　では、意地悪な小姑など存在しないのでは？」

「はっ⁉　ではわたくし、カティナ様のドレスを隠《かく》したり、ここから出て行けとひどい言葉を浴びせたりしなければならなかったのですか⁉」

「いや、確かに姫様のご対応は真逆ではありましたが——」

カティナのために特別のドレスを用意するし、ユリアン王子との仲を不安がるカティナを強く励ましたり、物語の悪役の小姑とは真逆の対応だった。

「姫様はそのような事が出来るお方ではありませんし、私はそんな姫様だからこそ、ずっとお側《そば》にお仕えしたいと思うのです。物語のような刺激《しげき》はありませんが、それで良いではありませんか？」

「アデル……はい、そうですね！」

ユーフィニア姫が嬉しそうに浮かべた笑顔が、とても清らかで、心を洗われるような気持ちになる。

と、そんなユーフィニア姫に、カティナと踊るユリアン王子が声をかけてくる。

「ユーフィニア〜。ユーフィニア達もおいでよ〜。一緒《いっしょ》に踊ろうよ〜？」

「お兄様！　はい！　行きましょう、アデル？」

そしてユーフィニア姫《ひめ》は、アデルの手を引いてくれる。

「はい、お供します姫様《ひめさま》！」

アデルはユーフィニア姫と手を繋いで、皆が踊っている輪に入っていく。

女性の体になっていて良かった。

時を遡る前の大柄《おおがら》な体では、まだ小さなユーフィニア姫と背丈《せたけ》が違いすぎて、一緒に踊るのに難儀《なんぎ》していた所だ。

今のアデルは女性の体となり背も低くなっているから、あまり苦労せず一緒に踊る事が出来る。

「わ……！　アデル、上手ですね」

アデルの足捌《あしさば》き、体の動きを、ユーフィニア姫が誉《ほ》めてくれた。

「ははっ！　見様見真似《みようみまね》ですが――」

ただし『錬気収束法』で目を強化し、全身全霊《ぜんしんぜんれい》でユーフィニア姫やユリアン王子や、周囲の上手な者達の動きを見て盗《ぬす》んでいる。

だからあっという間に、アデルの動きも洗練された舞踏《ぶとう》の動きになっていた。

ユーフィニア姫の足を踏んだり、アデルの踊りが拙《つたな》くて恥《はじ》をかかせてはならない。

ここは、自身の全力で臨ませて貰《もら》う！

「おお……！　二人とも、何と可憐《かれん》な」

「ユーフィニア姫様も、従者の方も、とてもお上手だわ」

「ええ、見ているだけで、こちらまで楽しくなってくるわね」

アデルとユーフィニア姫の踊りが、会場の衆目を惹《ひ》き付けていた。

「おお～。上手上手、二人ともすごいねえ～」

ユリアン王子がにこにことして、踊りながら近くにやって来る。

「アデルがダンスなんて……本当に私の知っているアデルじゃないみたい」

ユリアン王子と一緒に踊っているカティナは、何だか少々悔《くや》しそうだ。

その時カティナの足が、ユリアン王子の足を踏んづけてしまう。

「うっ⁉」

「あ！　ご、ごめんなさい、ユリアン王子！」

「いやいや、いいんだよ、カティナ。こういうのは楽しんで踊るのが一番だからね～。だからカティナも楽しんでいこうよ。周りの事なんて気にせずにさ～？」

柔《やわ》らかい笑顔を見せるユリアン王子に、カティナも微笑んで頷いていた。

「よし、じゃあ僕《ぼく》が合図したら、ちょっと上にぴょんって跳《と》んでくれる？」

「え？　は、はい」

よく分からず頷くカティナ。

「いくよ～。いち、に、さん、はいっ！」

その合図に合わせて動いたカティナの体を、ユリアン王子は下から持ち上げて高く掲げてみせた。

「きゃあっ⁉」

高く持ち上げられたカティナは、驚《おどろ》いて声を上げていた。

他の者達が踊っているダンスの作法にそんな動きはないが、中々派手で、見栄《みば》えがする動きだ。

周囲からもおおっ、と声が上がっていた。

「ははは、どう？　楽しかった？」

カティナを下ろすと、ユリアン王子はにこにこと笑う。

「こ、怖《こわ》いです！」

「そう？　僕は楽しかったけどなあ」

少し後ろ頭を掻《か》くユリアン王子。

「仲睦《むつ》まじい事だなあ」

「若いっていいわね」

そんな声が、アデルの耳にも聞こえてきた。

微笑ましい事だ。

「アデル、アデル」

「わたくしも今のを、やってみたいです！」

何だかユーフィニア姫が興奮気味だ。

「ああ、ユリアン王子とカティナの――？」

「はい！」

「承知しました、姫様！　では、行きますよ！」

「はい、アデル！　いち、に……！」

「さんっ！」

アデルはユーフィニア姫の体を高く高く持ち上げた。

「あはははっ！」

楽しそうなユーフィニア姫の笑顔が、頭上からアデルを見つめて――

そしてそのユーフィニア姫の瞳の色が、ぱっと切り替わった。

いつもの優しい水の色から、強い煌《きら》めきを放つ金色がかったものに。

そして笑顔が消え、表情の無い無機質なものに。

「姫様……!?」

「は、姫様」

これは、聖塔教団の本拠地《ほんきょち》アルダーフォートでエルシエルと戦った際、『神獣憑依法』

の極意《ごくい》をアデルに伝えてくれた時と同じ様子だった。

「姫様、姫様！　どうなさいました⁉」

アデルはユーフィニア姫を下ろすと、顔を覗《のぞ》き込《こ》んで呼び掛《か》ける。

「暫《しばら》く……わたくしとここにおりましょう――」

「ここ？」

そう言われて、アデルは気付く。

周りに沢山いた人が、ユリアン王子やカティナも、誰もいなくなっていた。

流れていた音楽も無くなり、華《はな》やかだったパーティーの会場ではなく、誰も、何も無い広間にアデルとユーフィニア姫だけが立っていた。

「こ、これは？　姫様、ここは何なのです？　私達以外にいた者達は、一体どこに？　誰もいなくなってしまいましたが」

「これは、同じ場所であって違《ちが》う場所。神獣の住処《すみか》たる異相の地――一時的に作り出した、簡素な物ですが。それゆえに、その姿形は元の場所の影響《えいきょう》を受けます」

「そんな事が……」

神獣《しんじゅう》の住まう場所を作り出せるのは、神獣自身かあるいは世界を生み出した神と言われる存在だろう。

世界において至高の存在——

勿論アデルにとっては、至高の存在とはユーフィニア姫のことである。

しかし普段《ふだん》のユーフィニア姫が、こんな現象を引き起こせるはずがない。

瞳《ひとみ》の色、表情といい、アデルに時を遡らせてくれた『見守る者達』を名乗る少年の影響を受けている状態なのだろう。

あのフードを被《かぶ》った少年の姿は、今はまだ見当たらないが。

「ですが何故このような事を？　姫様のお姿が見えぬとなれば、マッシュもメルルも心配し、大騒《おおさわ》ぎになるかと思うのですが」

「危険だから」

「危険？」

「迫《せま》っています。恐《おそ》ろしいものが——」

「恐ろしいもの⁉　ではやはり奴《やつ》が、エルシエルが何か仕掛《しか》けて来たと！　いや、アンジェラやマルカ共和国の手の者の可能性も！」

声を上げるアデルに、しかしユーフィニア姫は静かに首を振《ふ》る。

「ですから、事が収まるまで、わたくしとここに隠れていましょう。ここならば安全です」

「し、しかし姫様！　エルシエルやアンジェラが仕掛けてきたのならば、私が先頭に立って奴等の企てを叩《たた》き潰《つぶ》さねばならないのでは⁉　こうしている間にも、ユリアン王子や、各国の要人達が！　マッシュやメルルが残ってはくれていますが、二人の力も、私か姫様がおらねば！」

　聖女が展開する聖域がなければ、護衛騎士であるマッシュやメルルは得意な術法が使えず、その力を存分に発揮する事が出来ない。メルルは術具を持っているが、それでも術法が使えると使えないとでは戦力が違ってくる。

　クロエやカティナがいてくれるため、聖域については何とかなる可能性もあるが、しかし放っておいて全てを任せてしまうというのは、アデルにとっては考え辛い選択《せんたく》だった。

「アデル」

　と、ユーフィニア姫は制するようにアデルの名を呼ぶ。

「は……っ！　姫様」

　アデルは姿勢を正し、ユーフィニア姫の前に跪《ひざまず》く。

「あなたの使命は何ですか？　為《な》すべき事のその一番は、わたくしの身を守る事ではないですか？」

「それは、その通りです」

「でしたら、ここにおりましょう？　わたくしと一緒にいて下さい」

「ひ、姫様……」

項垂《うなだ》れるアデルの肩に、ユーフィニア姫は優しく手を置く。

「気に病《や》む必要はありません。あなたが時を遡ったその目的を、果たすだけなのですから」

「……⁉」

アデルは、はっと顔を上げる。

ユーフィニア姫の瞳は、依然《いぜん》として全てを見通すような金色の輝きのままだ。

表情は乏《とぼ》しく、いつもの温和で可愛《かわい》らしいものではない。

そして何より、アデルはユーフィニア姫に自分が時を遡ってここにいる事は言っていない。

その知るはずのない事を、ユーフィニア姫が知っているという事は——

「……少年！　どこにいる！　いるんだろう⁉」

やはり『見守る者達』を名乗るあの存在が、ユーフィニア姫の口を借りて話しているのだ。

そしてどうやら『見守る者達』はアデルとユーフィニア姫をこの空間に匿《かくま》おうとしている。

「アデル。わたくし達の他には誰《だれ》もおりませんよ？」

「いえ、おります……！　姫様のお側に！　失礼！　少年！　姫様と話をさせろ！」

アデルはユーフィニア姫の肩を揺《ゆ》さぶり、呼び掛ける。

すると、ユーフィニア姫の金色に輝いていた瞳が元の色に戻《もど》った。

「……！　アデル？　あれ、わたくし――」

「姫様！　ああ、良かったお戻りになられましたか」

「え、ええ……ところで、これは？　どうして誰もいないのでしょうか？」

ユーフィニア姫が周囲を見渡《みわた》し、首を捻《ひね》る。

やはり、金色の瞳になっている時の事は覚えていないらしい。

「神獣が私達を匿うために作り出した場所のようです」

「匿う？　では、パーティーに何かあったのですか？」

「分かりませんが、恐ろしいものが迫っていると」

「恐ろしいもの⁉　では、エルシエル様や、マルカ共和国の方々が……⁉」

話を聞いてユーフィニア姫が連想するものも、アデルと同じようだった。

「そうかも知れません。ですがその何者か知れぬ神獣は、姫様の身をお守りする事こそが私の使命であり、第一にそれを優先し、二人でここにいるようにと。姫様のお口を借りて、今そう申しておりました」

「そんな……！」

「済みません、姫様。私はその命を疑ってしまい、お目を覚《さ》まさせようと……」

「何も謝《あやま》る事はありませんよ、アデル。それでいいんです。確かに、護衛騎士はわたくしの身を守る事が第一の使命なのでしょうが、それはわたくしがあなた程《ほど》の人に守って頂く価値のある人間であればこそだと思います」

ユーフィニア姫は凛《りん》と表情を引き締《し》め、アデルに向けて頷く。

「目の前に危機に陥《おちい》っている方々がいるのに、自分だけ安全であればいいとそれを見過ごそうとするわたくしに、あなたにお仕え頂く資格はありません。ですからアデルが必要だと思ったら、叩いてでも叱《しか》ってでも、わたくしの目を覚まさせて下さいね」

「姫様……！　ですが、決して無理はなさいませんように。敵は私が全て倒《たお》します」

「ええ。ごめんなさい、いつもあなたに危険な事をさせてしまいます」

「何の問題も御座《ござ》いません！　姫様のために戦える事は、私の喜びです」

「ありがとうございます、アデル。では、何とかここから出る方法を探しましょう」

「ははっ……！」

とは言え、ここからどう出るかは、アデルには分からない。

神獣の住む場所と同質だと言うならば、神獣に聞いてみれば分かるだろうか？

「ケルベロスっ！」

アデルは自分の影《かげ》の内に眠《ねむ》るケルベロスを、外に喚《よ》び出して具現化する。

『うむ……状況《じょうきょう》は把握《はあく》している、我が聖女よ』

ケルベロスは実体化をすると一度体を身震《みぶる》いさせ、アデルに向けて呼び掛けてくる。

「ならば話は早い。ここから出る方法は無いか？　教えてくれ」

『残念だが、我にしてやれる事は無いな。我等は空間に生じた歪《ゆが》みを通じて人の世界との行き来をするが、ここにはそれが見当たらん』

「無理矢理《むりやり》歪《ゆが》みとやらを生み出す事は出来ないのか？」

『我には出来ん。だが、奴ならば出来るかもしれん』

「奴とは？」

『ペガサス。古《いにしえ》の神が世界を股《また》にかける際にお使いになったという乗馬だ』

「む？　なるほどな。情報に感謝する。姫様、お聞きになりましたか？　ペガサスの力を借りてみましょう」

「ええ、分かりました。ペガさんっ！」

ユーフィニア姫の呼び掛けに応じて、ペガサスの姿がその場に現れる。

――ただし、仰向《あおむ》けに寝転《ねころ》んで、派手に鼾《いびき》を立てるだらしの無い姿で。

どうもユーフィニア姫の影の中で眠っている最中らしい。

『フゴッ！　ん……⁉　なになに、何だ？　どうしたユーフィニア？』

暢気《のんき》なものである。

殴《なぐ》り飛ばしてやりたい気もするが、ユーフィニア姫の手前我慢《がまん》するしか無い。

そしてペガサスに頼《たよ》るのは癪《しゃく》だが、ケルベロスがそう言う以上は頼る他無い。

不本意である。

「ペガさん！　わたくし達、ここから出て元の場所に戻りたいんです！　連れて行ってくれませんか⁉」

『ん？　お？　あーあー神獣界か。あ〜でも一時的に生み出した急拵《きゅうごしら》えだな。いや生み出せるのもすげえけどな、俺《おれ》もできんし。けど逆に現世との繋がりが確立されてねぇんだな。なるほどなるほど……』

ペガサスは周囲をキョロキョロとしながら、珍《めずら》しくまともそうな発言をする。

「それで、お前の力ならば元の場所に戻れるのか？」

『うーん、行けるっちゃ行けるけどさあ、アデルちゃん。何かヤバそうな気配がするぞ、ちょっと様子見てから帰ったほうがいいんじゃね？』

「いけません！　何か危険が迫っているなら、わたくし達がそれを食い止めないと！　ぺガさん、どうかお願いします」

『う、ううむ……わ、分かったよユーフィニア。けど、俺は戦えねえからな？　マジで！　戻ったら隠れさせて貰うからな！』

ペガサスは怯《おび》えた様子を見せつつ一応頷《うなず》く。

『我は望む所だな。エルシエルや四神共がいるならば好都合。借りを返してくれるぞ！』

一方ケルベロスのほうは、やる気満々といった様子だ。

頼《たの》もしい限りである。

「ああ、その通りだ。では行こう、頼むぞ」

『んじゃ、ユーフィニアもアデルちゃんも俺の背に乗ってくれ。お前はそんなでかい図体《ずうたい》乗せられねえから、アデルちゃんの中に戻っとけ！』

『ふん、よかろう』

ケルベロスは頷いて、アデルの影の内に戻って行く。

アデルとユーフィニア姫はペガサスの背に跨《また》がった。

『ああ、やっぱアデルちゃんのケツはサイコーだぜ……！　むちむちでっかくて弾力《だんりょく》がたまらねえ――』

「早く行け！」

アデルは低い声で言いながら、火蜥蜴《サラマンダーテイル》の尾を構える。

『ひいっ！　じゃあ行くぜ！』

ペガサスがグンと飛び立ち強く翼《つばさ》を動かすと、周囲の光景が横に長く引き伸ばされるように歪んで行った。

「こ、これは⁉」

「こんなの、見た事がありません」

『世界の壁《かべ》を越《こ》えるんだ！　気持ちわりぃなら、目ぇ閉じてろよ！』

ペガサスの声を聞きながら、視界の歪みが頂点に達すると一瞬《いっしゅん》何も見えなくなり、そして歪んだ世界が再び元に戻っていく。

視界の歪みが収まると、そこは似ているけれど違う場所だった。

元の王城のパーティーの会場とは、似ても似つかない。

赤いのだ。あちこちに火の手が上がり、そして床《ゆか》には、大量の血。

華やかな会場に並べられていた、料理の皿や飲み物の杯が散乱している。

その中に何人もの、もはや動かない人影《ひとかげ》も。

「ああっ⁉　こ、こんな――ひどい」

ユーフィニア姫の顔が青ざめ、その瞳に涙《なみだ》が滲《にじ》む。

「こ、これは⁉　一体何があった⁉」

アデルは周囲を素早《すばや》く見渡し、状況を把握する。

マッシュやメルルの姿は、見える範囲《はんい》には無いようだ。

カティナやクロエ、ユリアン王子やトリスタン達、各国の要人の姿も無い。

何がどうなったのかは分からないが、ここはもう惨劇《さんげき》の後といった光景だ。

少なくない人間が倒れているが、その中に見知った顔は――

「！　マールグリッド殿《どの》！」

別室に続く通路の手前、そこにとても大柄な男が倒れ伏《ふ》す姿があった。

アデルとユーフィニア姫はペガサスの背から飛び降り、そちらに駆《か》け寄る。

「マールグリッド殿！　マールグリッド殿！　しっかりしろ！　大丈夫《だいじょうぶ》か⁉」

アデルに揺り起こされて、マールグリッドはうっすらと目を開く。

「あ、アデル殿……？　こ、このような姿を晒《さら》して……め、面目《めんぼく》ありません――皇帝陛下とトリスタン殿下《でんか》は、どうにかご避難《ひなん》頂きました。あ、後を頼みます……」

「あ、ああ！　だが一体誰がこんな事を！　一体何があったのだ⁉」

しかし、そのアデルの問いかけに対する答えは無い。

先程《さきほど》のトーラスト皇帝やトリスタンを頼むという言葉が、マールグリッドが最後の力を振り絞《しぼ》った一言だったのだ。

「マールグリッド殿！　くっ……！」

エルシエルか、アンジェラか、どちらにせよここまでやった以上ただで済ませるわけには行かない。

「あ、アデル……！　あちらに！」

炎《ほのお》に包まれつつある通路の向こう、別室の中に、ゆらりと歩く人影がある。

まだ、立っている。生きているという事だ。

「参りましょう、姫様！」

アデルはユーフィニア姫の手を引いて走り出す。

炎にゆらめく空気の中だが。少し近づくとその姿がはっきりとしてくる。

それは見覚えのある者――マルカ共和国のアンジェラ・オーグストだった。

「ケルベロス！　姫様を守れ！　アンジェラ！　貴様あぁぁっ！」

アデルはケルベロスを召喚《しょうかん》し、ユーフィニア姫の護《まも》りを命じる。

そして火蜥蜴《サラマンダーテイル》の尾の蒼《あお》い炎の刃《やいば》を構え、アンジェラの方へと突進《とっしん》していく。

先日の事件で、シイデルの街からアンジェラを取り逃がしたのは大きな間違《まちが》いだった。

あの後全力で捜索《そうさく》をし、アンジェラを捕《と》らえるべきだったと後悔《こうかい》せざるを得ない。

今度こそは、同じ過《あやま》ちは繰《く》り返さない。

自分の手で、討《う》ち取る――――！

そのつもりで突《つ》っ込むアデルに対して、アンジェラは迎撃《げいげき》姿勢を取らない。

ただ棒立ちをしているように見える。

そしてアデルが間近にまで迫ると、アデルの方を向いて微笑《びしょう》を浮《う》かべた。

「アンジェラ！」

「どこに行ってたんですか？　私ばかり働かせて……ずるいですよ？」

「？」

アデルが眉《まゆ》を顰《しか》めた瞬間《しゅんかん》、アンジェラの全身から血が吹《ふ》き出した。

その飛び散った血が、アデルの頬《ほお》や服にかかって痕《あと》を残す。

「なっっ⁉　アンジェラ！　おい、アンジェラ！」

アデルの呼び掛けに、血の海に沈《しず》んだアンジェラは応えない。

虚《うつ》ろに開いた目に生気は無く、もはや完全に事切れていた。

「……くそっ！」

アンジェラがこの惨状《さんじょう》を引き起こしたのかと思ったが、状況からして違うと判断せざるを得ない。

では、アンジェラは何と戦っていたのだろうか？

「あ、アデル……」

ケルベロスの背に乗ったユーフィニア姫が、アデルに近づいて声をかけた。

アデルは静かに首を振る。

そして、開いたまま固まっているアンジェラの瞼《まぶた》をそっと閉じさせる。

「アンジェラが倒されているという事は……エルシエルの仕業《しわざ》としか考えられません。申し訳ありません、姫様。私はエルシエルを仕留めたつもりでしたが、仕留め切れていなかったようです。まだまだ未熟でした……！」

「いいえ、あなたのせいではありません……とにかく、皆《みな》を探しましょう！」

「はっ。周囲にマッシユやメルルの姿は見えません。きっと国王陛下やユリアン王子を護ってくれているはずです！」

おそらくマールグリッドやアンジェラ達《たち》を殿《しんがり》として、要人達はここから待避《たいひ》したのだろう。

その証拠《しょうこ》にあちこちで、争ったような形跡《けいせき》がある。

何か緊急《きんきゅう》事態が起こった場合は、その現場から護るべき対象を遠ざける事が基本。

となると戦いの前線は、最初に異変が起きた場所からはどんどん遠ざかって行く——

ドガアアァァアァン……ッ！

遠い所から衝撃音《しょうげきおん》が響《ひび》き、一瞬足下《いっしゅんあしもと》が揺れる。

「外か⁉」

丁度アデル達の近くの壁の、向こう側から音と衝撃《しょうげき》が響いてきたと思う。

「アデル！　壁を壊《こわ》しても構いません！」

「はいっ！」

アデルは火蜥蜴の尾《サラマンダーテイル》の蒼い炎の刃を壁に突き刺《さ》し、大きく切り飛ばして穴を開けた。

視界が開け、外気が吹き込んできてアデルの髪《かみ》を大きく揺らす。

そしてその吹き込んできた風も、熱い。熱風だった。

目に入った光景も、あちこちが赤い。

城の至る所に、火の手が上がっているのだ。

「ああ！　こんな――わたくし達の城が」

ユーフィニア姫が、唖然《あぜん》としてそう呟《つぶや》く。

「くっ……！」

これでは、時を遡《さかのぼ》る前の大戦でウェンディール王城が崩壊《ほうかい》したのと同じではないか。盲目のアデルにはその様子は見えていなかったが、きっとこのような光景であったに違いない。

同じ事が起き、それを止められなかった――そんな思いが頭を過る。

「いや、それよりも！」

アデルは首を振り、考えを切り替《か》える。

先程の音はまだ状況が続いている事の証だ。悔《く》いて立ち止まる場合ではない。

そうして視界に映る光景を注視すると、城の中庭を越えた向こう側にある尖塔《せんとう》の近くで、何かが閃《ひらめ》くのが見えた。あの尖塔は、城兵達が警備の際に使う見張り塔だ。

術法による光だろうか？　それが尖塔に叩きつけられ――

ドガアアアァァァアンッ！

先程より、大きくはっきりと響く轟音《ごうおん》。

攻撃《こうげき》を受けた尖塔が崩壊しかかっている。

「あそこかっ！　姫様！　参りましょう！」

「はいっ！」

アデルはユーフィニア姫が乗るケルベロスの背に自分も跨がる。

「行ってくれ！」

『よかろう、振り落とされるなよ！』

ケルベロスは勢いよく、壁に開けた大穴から飛び出して行く。

建物を伝い地面に降り立ち、中庭を突っ切って、その向こうの建物の屋根に駆け上がると、尖塔の様子もはっきりと見えてくる。

「マッシュ！　メルル！　トリスタン殿下！」

マッシュやメルル、それにトリスタンや他国の騎士達《きしたち》が、尖塔の前を固めていた。

それに聖女の操《あやつ》る神獣の姿も何体かある。

中への侵入《しんにゅう》を阻《はば》む構えだ。恐らく、尖塔の中にウェンディール王やトーラスト皇帝《こうてい》や各国の要人がいるのだろう。

城外まで彼《かれ》らを逃《に》がす前に、あの尖塔に追い込まれてしまったように見える。

そして彼らを追い込もうとしているのは――

黒と赤の毛並みを持つ、巨大《きょだい》な犬の姿の神獣達《しんじゅうたち》。

マッシュ達の数倍もの数の、ケルベロスの群れだった。

「ケルベロス⁉　なんという数だ！」

『ぬう！　なんとあれほどの数の同胞《どうほう》が、エルシエルの手駒《てごま》にされたというのか⁉』

「狼狽《うろた》えるなよ！　これがエルシエルの仕業というならば、見つけ出して倒すのみ！　二度倒《たお》せるという事は、二度恨《うら》みを晴らせるという事だ！」

エルシエルの影を感じたならば、可及的速《かきゅうてきすみ》やかに討ち滅《ほろ》ぼすべし。

時を遡る前にユーフィニア姫の命を奪《うば》った存在は、即座《そくざ》に抹消《まっしょう》せねば気が済まない。

『ふっ！　単純だな！　だが、よかろう！』

見ればどうやらマッシュ達がケルベロスの群れと交戦する前線を張り、他の者達が周辺を固める形だ。

しかしケルベロスの数体は横手に回り込むと、炎を吹き出し直接尖塔に浴びせかけている。

マッシュ達は前方を抑《おさ》えるため手が回らず、しかし他の者達では炎を吹き出すケルベロスを食い止められない、という状況だ。

尖塔は薄《うす》く輝《かがや》く光の膜《まく》のようなものに覆《おお》われ、ケルベロスの炎を防御《ぼうぎょ》している様子である。

しかしいつまでも保つようには思えない。

強力なケルベロスの炎は、防御膜《ぼうぎょまく》ごと尖塔を崩壊させつつある。

もう何体かに加勢されると危ない。

尖塔の中からは、悲鳴や怒鳴《どな》り声も聞こえてくる。

そして更《さら》に数体のケルベロスがマッシュ達の前線を抜《ぬ》けて、尖塔を崩《くず》しに加勢しようとしていた。

「これ以上はやらせん！　止めるぞ！　私は炎を防ぐ！　そちらは敵陣《てきじん》を乱してくれ！」

『よかろう！　承知した！』

「姫様、失礼致《いた》します」

アデルはユーフィニア姫を抱《だ》きかかえつつ、強くケルベロスの背を蹴《け》る。

そして火蜥蜴《サラマンダーテイル》の尾の蒼い炎の刃を高速旋回《せんかい》させつつ、尖塔と炎を吹き出すケルベロス達の間に飛び込んだ。

蒼い炎の刃が壁となり、ケルベロス達の炎を食い止める。

戦場に現れたアデル達を見て、尖塔前を固めている者達が声を上げえう。

「アデル！　姫様っ！　良かった！　ご無事でしたか！」

「ふ、二人とも、どこ行ってたんですかぁぁぁっ！　心配しましたよ！」

「お二人とも、ご無事で何よりです！」

マッシュとメルルに続き、トリスタンも声を上げていた。

グオオオォォォ！


そして直後に、アデルのケルベロスのプリンが全速力で敵のケルベロスの集団の中に飛び込んでいく。

その勢いに弾《はじ》き飛ばされ、吹き出されていた炎が止まる。

「よしっ！　姫様、尖塔の中にお隠《かく》れを！」

アデルもそこから、前に突進してプリンに加勢する構えを取る。

横から虚《きょ》を突いて弾き飛ばす事はやってくれたが、同じケルベロスで数の上では多勢に無勢。体勢を立て直されてしまえば、追い込まれてしまうだろう。

その前に加勢をしなければならい。

ユーフィニア姫には尖塔の中に待避して貰うのがいいだろう。

ペガサスは頼りにならないが、リリスならばユーフィニア姫を護ってくれる。

「ユーフィニア姫！　良かった、無事だったか！　こっちに来てくれ、手伝って欲《ほ》しい事がある！」

と、尖塔の入り口から顔を見せたのは、匠《たくみ》の大聖女クロエだった。

彼女《かのじょ》も無事だったようだ。

尖塔を覆う光も、クロエが出現させたものかも知れない。

「姫様！　クロエ殿の仰《おつしや》る通りに！」

自分のケルベロスの加勢に入りつつ、アデルは言う。

「クロエ様、わたくしのお役に立てる事であれば！　アデルも、メルルも、マッシュも無事で！」

「「「はっ！」」」

三人の護衛騎士《きし》が一斉《いっせい》に返事をする。

「トリスタン皇子！　あんたも一緒《いっしょ》に来な！　ここはアデル達に任せればいい！」

クロエはトリスタンに手まねきをする。

「しかしクロエ殿、私もアデル殿と共に戦います！　戦力は多い方がいい！」

「立場を考えな！　あんたに何かあれば、この国もあたし達聖塔《せいとう》教団も、非難と責任を免《まぬが》れないんだ。アデルにだって迷惑《めいわく》がかかる……！　あんたはそういう立場の人間なんだよ！」

クロエの言う事は尤《もつと》もで、もしここでトリスタンがエルシエルに討たれるような事があれば、開催地《かいさいち》であるウェンディール王国の責任は問われざるを得ない。

実際にどうなるかは分からないが、少なくともまた次回の『四大国会議』を同じこの王都ウェルナで行おうとはならない。

『四大国会議』自体がもう無くなってしまうという事も考えられる。

そうなれば、四大国の鼎立《ていりつ》の上で成り立つ、緩衝材《かんしょうざい》たる『中の国』ウェンディールの存在意義が無くなってしまう。

どの国からも存在を必要とされなくなれば、どこかに攻《せ》められて滅ぶだけ。

それが小国の運命だろう。

そして、事態を引き起こしたのは戦の大聖女エルシエルとなれば、各国の聖塔教団に対する心証も一気に悪化するだろう。

全ての国々で国教として崇《あが》め奉《たてまつ》られる現在の特権的立場は、失われていくかも知れない。

この場でのトリスタンの生死というのは、そのくらいの影響力《えいきょうりょく》を及《およ》ぼしかねない事柄《ことがら》だ。

「くっ！　こんな時は、己《おのれ》の置かれた立場がもどかしいものです……！」

トリスタンの実力は確かだ。

マッシュやメルルにも決して劣《おと》らないし、味方にすれば頼もしい。

他者を守るために戦う意思も強いため、悔《くや》しいだろうが――

「トリスタン殿下。先程、傷ついたマールグリッド殿を看取《みと》りました……！」

アデルは左右から突進してくるケルベロスの爪《つめ》と牙《きば》の軌道《きどう》を、舞《ま》うように掻い潜《くぐ》りつつ呼び掛ける。

「！　マールグリッドが⁉」

「彼は殿下と皇帝陛下を頼むと——どうかこの場は、彼の遺志を汲《く》んで下さい！」

左右の攻撃を掻い潜ったアデルの後方から、また別の一体が飛びかかってくる。

その頭の上をぎりぎり飛び越えるように、宙返りをしながら飛び上がる。

後方からの攻撃の回避《かいひ》は出来たが、宙に浮いたアデルを追って最初の二体のケルベロスも跳躍《ちょうやく》してくる。

だがその動きは予測出来ている。

そのために後方からの攻撃は、相手の頭をかすめる最低限の高さの跳躍で躱《かわ》したのだ。

「はあぁっ！」

アデルは宙返りしつつ蹴りを振り抜き、後方からのケルベロスの腰《こし》の後ろを蹴り飛ばす。

前向きの勢いを更に前に押《お》され、蹴られたケルベロスは前から追撃《ついげき》してきた二体と衝突《しょうとつ》。

三体の身が絡《から》み合うように、地面へと落ちていく。

「後はご心配なく——彼の弔《とむら》い合戦《がっせん》は、私が行っておきますので！」

アデルは一瞬出来た余裕《よゆう》で、トリスタンへと視線を向けて頷く。

「そうですか……ええ、無碍《むげ》には出来ません。分かりました」

トリスタンは眩《まぶ》しそうにアデルを見て、目を細めていた。

「……アデル殿はやはり、戦いに臨《のぞ》む時が一番凛としていらっしゃいますね」

頷いた後、それからクロエの方を見る。

「クロエ殿！　ユーフィニア姫様《ひめさま》！　参りましょう！」

「はい、トリスタン殿下！」

「よし、急ぐよ！」

クロエに率いられたユーフィニア姫とトリスタンが、尖塔の中に入って行く。

トリスタンもいてくれるならば、ユーフィニア姫の身もより安心だろう。

「マッシュ、メルル！　この城の有様は、ケルベロス達の仕業なのか……!?」

「ああ、その通りだアデル！」

「あいつらがあちこちに火をかけて、皆を襲《おそ》って回ったのよ！」

アデルの問いにマッシュとメルルが答える。

『ぬう、我《わ》が同族がこれを……エルシエルに唆《そそのか》されて愚《おろ》かな事を！』

「これ以上はやらせん！　ここは私達で抑えるぞ！」

「ああ！」

「うん、アデル！」

アデルの呼び掛けに、マッシュとメルルが強く頷いた。

◆◇◆

ユーフィニア姫達《たち》が尖塔の中に入ると、そこには各国から集まった要人達が集まっていた。その中にはユーフィニア姫の父ウェンディール王や、トリスタンの父トーラスト皇帝の姿もあった。

「ユーフィニア！」

「お父様！」

「おお良かった、無事だったか！　急に姿が見えぬようになって、心配しておったぞ！」

「お父様、ユリアンお兄様はどちらに？」

「ここには来ておらん、無事だといいが――」

「そんな、お兄様……！」

と、父王と話すユーフィニア姫を、クロエが呼ぶ。

「ユーフィニア姫！　悪いけど急いでくれ！」

「は、はい！　クロエ様！」

クロエがいる近くには、神滓結晶《アニマけつしょう》が埋《う》め込《こ》まれた輪状の術具がいくつか置かれていた。

前に見た、クロエ製の術具天馬の門《ペガサスゲート》の小門側だ。

天馬の門《ペガサスゲート》は小門から吸《す》い込んだものを、離《はな》れた親門から排出《はいしゆつ》するという動作をするものだ。

地面に置かれた小門の前に人が列を作って並んでおり、皆小門の縁《ふち》の内側に手を翳《かざ》している。すると、その手の先から段々体が透《す》き通るように見えてくる。

「あれは……!?」

「天馬の門《ペガサスゲート》の小門が物を吸い込む時は、あんな感じなんだよ」

「では、天馬の門《ペガサスゲート》で……」

「うん。そうさ、こんな事もあろうかと街の外に親門のほうを設置しといた。それでここからお偉《えら》いさん方を避難させようとしてるんだけど――」

しかし、天馬の門《ペガサスゲート》の小門に触《ふ》れた人の体が透き通っていく速度はゆっくりで、かなり時間がかかっている。

今にも尖塔が突破《とつぱ》されようとしていた状態では、これほど悠長《ゆうちよう》に感じられるものもないだろう。

「分かりました、クロエ様！」

ユーフィニアは意識を集中し、強く聖域を展開する。

クロエの術具は、クロエが特殊《とくしゅ》な術法を使う事によって、その力を受けて更に性能を増す効果を持っている。

そしてその術法自体を使うには、他の聖女の聖域が必要だ。

聖域の神滓《アニマ》が強ければ強い程、クロエの術法の威力《いりょく》も増す。

そこでユーフィニアに力を貸して欲しい、というわけだ。

ならば、自分に出来る全力でそれに応えたい。

「うん。察しがいいね、ユーフィニア姫！　じゃあ……っ！」

クロエが術印を切り、天馬の門《ペガサスゲート》の小門に向けて術法を放つ。

そうしながら、クロエはユーフィニア姫の肩《かた》に手を置いた。

「急ぎだから、前より強めに神滓《アニマ》を転用させて貰《もら》うよ！　苦しいかも知れないけど、我慢してくれ！」

「はい、構いません！」

「よし、行くよ！」

クロエが触れた肩の部分から、がくんと体を押さえつけるような重みを感じる。

それが全身に広がっていき、息苦しささえ覚える程だ。

「あぁっ……!?」

「ごめんね、ユーフィニア姫！　何とか耐《た》えてくれ！」

「は、はい……っ！」

だがユーフィニアの身にのしかかる負荷《ふか》と引き換《か》えに、神滓結晶《アニマ》が埋め込まれた輪は激しく輝き出す。

手を触れた人間の姿が、ゆっくりと時間をかけて透明《とうめい》になっていくのではなく、すっとかき消えていくようになった。

街の外に設置された天馬の門《ペガサスゲート》の親門へと転送されたのだ。

「おお!?」

「一瞬で姿が消えるようになった!?」

「ユーフィニア姫様のお力でか！」

尖塔の中の人々から、歓声《かんせい》が上がる。

「よし、みんな！　どんどん脱出《だっしゅつ》しな！　急いで！」

「わ、わかった！」

「感謝します、クロエ殿！　ユーフィニア姫様！」

のしかかる重みと息苦しさに耐えながら、ユーフィニアは父王に声をかける。

「お父様！　お父様もお早く！」

「ユーフィニア……！」

「クレア先生、お父様をお連れして下さい！」

その場には、ユーフィニアの教育係の駐留《ちゆうりゆう》聖女クレアもいて、父王を守るために控《ひか》えていた。そのクレアに、ユーフィニアは指示を出す。

「はい、姫様！　さあ国王陛下、お早く！」

「うぬっ！　しかしこんな幼い娘《むすめ》が苦しんでおるというに」

「幼かろうが、今のあたし達の命綱《いのちづな》はユーフィニア姫なんだ。側にいてくれなきゃ困る！必ず無事に返すから、先に行ってくれ！」

「うぅ……わ、分かった！」

クロエが強く促《うなが》すと、父王も頷いた。

そしてユーフィニアの側に近づくと、その身をぎゅっと抱き締める。

「まだ幼いが、立派な聖女だ……！　後を頼むぞ――！」

「はい、お父様！　お兄様も必ずお連れします」

ユーフィニアがそう応じると、父王は深く頷き、天馬の門《ペガサスゲート》の小門を通っていく。クレア達《たち》駐留《ちゆうりゆう》聖女もその後に続いた。

「トリスタン殿下！　そっちも行ってくれ！　出た先にもし何かあれば、皆を頼む！」

「分かりましたクロエ殿、ユーフィニア姫様もお気をつけて！」

「はい、トリスタン殿下もお気をつけて……！」

トリスタンもトーラスト皇帝を連れて、天馬の門《ペガサスゲート》の小門を通っていく。

それに続いて、どんどんと尖塔の中にいた人間達が脱出していく。

ユーフィニアが体にかかる負荷にいよいよ耐え難《がた》くなってきた時――

尖塔の中に残るのは、クロエと自分だけになっていた。

「よし、今ので最後だ！　よく頑張《がんば》ったね、ユーフィニア姫！」

クロエは天馬の門《ペガサスゲート》の小門に浴びせ続けていた術法を解くと、ユーフィニアの頭をわしわしと撫《な》でる。

「はぁ……はぁ……わたくしにも何かお役に立てる事があって、良かったです――」

「謙遜《けんそん》しなくていい、あんたは凄《すご》いよ。おかげで皆避難《みなひなん》できたんだから。あたしやテオドラばーちゃんを遥《はる》かに超《こ》える大聖女になれるかも知れないね」

「それも、ここを守ってくれているアデルや、メルルや、マッシュのおかげです。皆、無事でしょうか？」

「ああ、壁が破られてないって事は、まだあいつらが食い止めてくれてるんだよ」

「では、わたくし達も何か手助けを！　それにユリアンお兄様や、カティナ様も、お姿が見えません、お探ししないと！」

「！　カティナは――」

クロエが沈痛《ちんつう》な面持《おもも》ちで、項垂《うなだ》れる。

「え……？　まさかカティナ様も犠牲《ぎせい》に……!?」

穏《おだ》やかながら、とてもしっかりした大人の女性のように思えた。

美男美女で、ユリアンと並ぶととても絵になっていたし、何より女性を相手にあんなに嬉《うれ》しそうにしている兄の姿を、ユーフィニアは見た事が無い。

だからきっと、カティナは兄を幸せにしてくれる。

将来の自分の義理の姉になる人だと直感した。

しかもそんな人が、ユーフィニアにとって母の面影《おもかげ》を感じさせてくれるアデルと幼馴染《おさななじ》みだなんて、ますます喜ばしいと思っていたのに、こんな事が起こるとは――

「いや、多分あんたの思ってる事とは違《ちが》うよ」

しかしクロエは、悲しむユーフィニアに対し首を振《ふ》った。

「え？　ではどういう……」

「うん。いいかい、よく聞きな――」

クロエは真剣《しんけん》な面持ちで、ユーフィニアの目を見つめた。

ゴオオオオォォウッ！

アデルの目の前に、真っ赤な炎が迫《せま》る。
四、五体のケルベロスによる一斉火炎放射《いっせいかえんほうしゃ》だ。
「……！」
火蜥蜴《サラマンダーテイル》の尾の蒼い炎の刃を旋回して壁にする事は可能だ。
大きく跳《と》んで避《さ》ける事も可能だろう。
しかしどちらも、足を止めた隙《すき》か着地後の隙を狙《ねら》われる事になるだろう。
『我を盾《たて》にするがいい！』
炎とアデルの間にケルベロスが割《わ》り込む。
自ら強力な炎を操るケルベロスは、自身の体も炎に対する強力な抵抗力《ていこうりょく》がある。
つまりお互《たが》いの炎はお互いに効かないという事だ。

黒と赤の毛並みが、炎を吹き散らしてアデルを護った。

アデルのケルベロスはそのまま、炎を吹き出す敵陣へと突進していく。

「よし！」

アデルもケルベロスの身を盾にして前に突進。

そうしながら、火蜥蜴《サラマンダーテイル》の尾の炎を鞭《むち》のように長く伸《の》ばす。

足を止めて炎を吹き出している敵集団の足元から忍《しの》ばせ、一気に全体を縛《しば》り付けた。

「今だッ！」

両腕《りょううで》に『気』を流《なが》し込み、一瞬の剛力《ごうりき》を得る。

一瞬あちらのケルベロス達の体が地面から浮き上がりかけるが、力を合わせて踏《ふ》み止《とど》まろうと踏ん張られると、力が拮抗《きっこう》して持ち上がらなくなってしまう。

だがそこに、アデルのケルベロスのプリンが加勢をする。

『その数は少々無茶《むちゃ》であろう！』

炎の鞭を口で咥《くわ》え、アデルと力を合わせてくれる。

「助かる！　このまま投げ飛ばすぞ！」

『おう！』

聖女と神獣《しんじゅう》が力を合わせ、拘束《こうそく》したケルベロス達を空中に放り投げた。

投げる方向はマッシュとメルルが戦っている向こう側だ。

そちらにも多くのケルベロスがいる。

敵をなるべく分散させずに、一ヶ所に固めて抑えるのだ。

手の届かない個体に、尖塔を攻撃される事は避けたい。

尖塔の中にはユーフィニア姫がいるのだ。

「よし……！」

投げ飛ばしたケルベロス達の後を追うように、アデル達はマッシュとメルルに合流する。

「マッシュ！　メルル！　怪我《けが》はないか⁉」

「ああ大丈夫だ！」

「うん……！　姫様とクロエ様の用事が終わるまでは、絶対ここは通さない！」

マッシュもメルルも、俊敏《しゅんびん》で強力なケルベロスを群れを相手によく凌《しの》いでいる。

「その意気だ、このまま――」

行くぞ、と言う前にその場にまた新手の影《かげ》が。

アデル達が投げ飛ばしたケルベロス達の後方から、更に五、六体のケルベロスが姿を見せるのだ。

「エルシエルめ……っ！」

まだこんな数のケルベロスを隠《かく》していたとは――

「いや、違うんだ、アデル……！」

「うん、あれを操っているのは――」

そのメルルの答えを聞くまでも無かった。

炎上《えんじよう》する城の主殿の方向から、更に別のケルベロスが現れたのだ。

そしてそのケルベロスの背には――笑顔《えがお》を浮かべるカティナが座《すわ》っていた。

「か、カティナっ⁉　そんなまさか、ではカティナがこのケルベロス達を……⁉」

驚愕《きようがく》するアデルをさらに揺《ゆ》さぶるように、カティナの乗るケルベロスに続いて十ではきかない数のケルベロス達が姿を現す。

全て合わせれば、数十を数えるケルベロスの軍団だ。

いくらエルシエルでも、ケルベロス程の神獣をこんなにも大量に抱《かか》える事は不可能だろう。

『集いの大聖女』と呼ばれるカティナにのみ出来得る離《はな》れ業《わざ》である。

「そうだ。アデルとユーフィニア姫様の姿が見えなくなった後……」

「カティナ様が突然《とつぜん》あのケルベロス達を放って、皆を襲わせたのよ」

「何故《なぜ》そんな事をカティナがする必要がある⁉」

カティナはユリアン王子と惹《ひ》かれ合いながら大戦を乗り越《こ》え、後に結ばれて幸せな人生を送るはずではなかったのか。

こんな事をする必然性は、全く無いはずだ。

「カティナ！　何故だ⁉　何故おまえがこんな事をする必要がある⁉」

アデルの呼び掛《か》けに、カティナは微笑《ほほえ》みながら応じてくる。

「国や王族なんて皆同じ……アスタール孤児院《こじいん》で育ったような私達《たち》孤児の事なんてどうでもいいの。身分の低い人間の命に価値なんて無いって――そう思わない？」

「いいや、それには同意出来ん！」

アデルは即答《そくとう》で首を振る。

ユーフィニア姫だって王族だ。

ナヴァラの移動式コロシアムに囚《とら》われていたアデルを見て涙《なみだ》を流し、周囲と敵対する事も厭《いと》わず救い出してくれた。

そして護衛騎士として側に置いてくれ、学も無く盲目《もうもく》でもあるアデルのために本を読み聞かせたり、その本の感想や見解を語り合ったり、その合間にお茶やお菓子《かし》を嗜《たしな》んだり、他にも思い起こせばきりが無い程《ほど》、人として温かな経験をさせて貰った。

盲目になってからのほうが、逆に色々な物事がよく見えるようになったと思う。

それは全てユーフィニア姫のおかげだ。

それが忘れられないからこそ、時を遡り、女性の体になってまでも、アデルはユーフィニア姫の側に仕える事を望むのだ。

そのユーフィニア姫も王族だ。カティナの言う事には頷《うなず》けない。

「ユーフィニア姫様は、こんな私にも心をお砕《くだ》きになって下さる！　確かにラクール神聖国ではそうかもしれんが、そうではない王族の方もいる！」

カティナはラクール神聖国のアスタール孤児院で育ち、今はそのラクール神聖国の駐留聖女だ。

ラクール神聖国には確かに身分差が激しい風潮はあり、その中枢《ちゅうすう》に近い所にいれば、色々見たくない事を見てしまう機会があったのかも知れない。

それが心優《こころやさ》しいカティナの精神を追い詰《つ》めてしまった、という事はあり得るだろう。

だが時を遡る前のカティナは、それを乗り越えたはずだ。

恐《おそ》らく、ユリアン王子と支え合う事によって――

それが何故、今はこんな事になってしまうのだろう。

ユリアン王子はカティナの側にいるではないか。

「よく考えろ！　ユリアン王子も王族の方だろう！　王子は私達アスタール孤児院の者達

にも救いの手を差し伸べて下さったのだろう⁉」

現在のアスタール孤児院の子供達が野盗の人質《ひとじち》に取られても、国や騎士団《きしだん》は何も動いてくれなかったが、ユリアン王子は助けるために動いてくれたと、カティナ自身も言っていたではないか。

そして恐らくはそれが、カティナがユリアン王子に好意を持つ切っ掛けにもなったのだろう。

「そうね。ユリアン王子だけは特別。だからね、私は私の力を使って――ユリアン王子を、四大国の全てを支配する王にしてあげようと思うの。王様なんて、ユリアン王子一人だけでいいじゃない」

「馬鹿な……！　ユリアン王子がそんな事をお望みになると思うのか⁉」

「そのほうがきっと皆《みな》に優《やさ》しい世界になる。それを理解して貰えれば、ユリアン王子もお認めになって下さるわ。古《いにしえ》の聖王国時代の復活ね」

そんなはずは無い。

ユリアン王子はああ見えて現実主義者ではあるが、別に野心家でも策謀《さくぼう》家でもない。

本質的にはユーフィニア姫と同じ、心根の穏やかな人物だ。

自分の野心のために大戦争を起こすような人物ではない。

そんな事が分からないカティナではないはずだ。

それにカティナ自身、戦いを望むような性格ではない。

アデルのほうが余程《よほど》好戦的だろう。

この惨状《さんじょう》といい先程《さきほど》からの発言といい、とてもカティナの発言とは思えない。

「カティナ！　どうしてしまったんだ⁉　とてもカティナとは……！」

と、アデルは呼び掛けて、ある事に気がつく。

こちらに近づいてくるカティナの気配。

それは明らかに、今までの、アデルが知るカティナとは別の物だった。

なにかどす黒く、重苦しい威圧《いあつ》感を強烈《きょうれつ》に漂《ただよ》わせている。

近くにいるだけで、肌《はだ》がひり付き、息苦しさを覚える程だ。

そしてこの雰囲気《ふんいき》は——アデルには覚えがある。

「う……⁉」

(これは、狂皇《きょうこう》トリスタン⁉)

時を遡る前のトリスタンに感じた狂気《きょうき》、それを身に纏《まと》う迫力《はくりょく》と同じだった。

(これは、どういう事だ⁉　時を遡る前はトリスタン殿下《でんか》から、そして今はカティナから、同じどす黒い気配を感じる……⁉)

時を遡《さかのぼ》った今の時代で対面したトリスタンは、お人好《ひとよ》しと言える程に善良で礼儀《れいぎ》正《ただ》しい性格をしており、超がつく程の好青年だ。

アデルの知る狂皇トリスタンとは全く似ても似つかず、別人かと疑った程だ。

そして今のカティナも、アデルの幼馴染みのカティナとは別人と疑うかのような変貌《へんぼう》ぶりだ。

――何か、別の力が作用している？

そしてそれが、時を遡る前のトリスタンや、今のカティナを変えてしまっているのだろうか？　この黒い気配がその効果を持つと？

ならばそれはどこから来た物なのか？

時を遡る前の大戦で、トリスタンの側にいたのは――

「……エルシエルか⁉　エルシエルがカティナにこんな事を⁉」

街に潜《ひそ》んでいた青竜《せいりゅう》を見つけただけでエルシエルを見たわけではないが、カティナの兇《きょう》行《こう》の裏にエルシエルの影があっても驚《おどろ》かない。あり得なくは無い話だ。

「……！　確かにな、エルシエルならば人の心を奪い操る事くらい、やってのけるかも知れない」

「あ、あまりにも昨日までのカティナ様と違うもんね、こんな事をするような人には

「……」

アデルの言葉にマッシュもメルルも頷いていた。

しかし、当のカティナは首を横に振っている。

「私は私よ。誰《だれ》にも邪魔《じゃま》はさせない。誰の指図も受けない。アデル、あなたでも私の邪魔をするなら……許さないわ」

「カティナ！　そんな事を言うな！　そんな台詞《せりふ》は似合わない！」

「言ったでしょう、指図は受けないって！　さあ、皆、行きなさいっ！」

カティナがさっと手を翳すと、カティナのケルベロス達《たち》が一斉に動き始める。

「「「ガアアアアァァァァァァッ！」」」

「「「グオオオオォォォォォォッ！」」」

何せ『集いの大聖女』たるカティナの操る神獣の数は尋常《じんじょう》ではない。

『ぬうううぅっ⁉』

少し突出《とっしゅつ》した位置にいたアデルのケルベロスが、あっという間に取り囲まれて孤立《こりつ》しそうになる。

「後ろだっ！」

言いながらマッシュが炎《ほのお》の鳥の術法を放ち、アデルのケルベロスを背後から襲おうとした一体を撃退《げきたい》する。

とは言えケルベロスの炎への耐性《たいせい》は強力だ。

爆発《ばくはつ》した炎の鳥は、神獣を遠くに弾き飛ばした程度。

大した打撃《だげき》にはならず、すぐに起き上がってしまっていた。

「こちらにも！」

アデルの火蜥蜴《サラマンダー》の尾《テイル》の蒼《あお》い炎の刃《やいば》も同じで、次に飛びかかってくるケルベロスの身を弾いただけだ。

「こっちも！」

メルルが風妖精《シルフィード》の投槍《スピア》で殴《なぐ》り飛ばした個体が、むしろ一番打撃を与《あた》えていたかも知れない。

だがそうして先行して飛びかかってくる三体を迎撃《げいげき》しても、その足を止めた間に数十のケルベロスが一斉に殺到《さっとう》して来る。

あっという間に、前後左右の全ての逃《に》げ場《ば》を塞《ふさ》がれてしまう。

いくらアデルが相手の動きを完全に見切れたとしても、攻撃《こうげき》を躱す物理的な隙間《すきま》が無ければどうにもならない。

この数量、密集度は、アデルの動きを極端《きょくたん》に制限してくるものだ。

それに問題はアデルの事だけではない、マッシュとメルルも一緒なのだ。

アデルだけが攻撃をやり過ごせばいいというわけでは無い。

ならば――

「ケルベロスッ！　戻《もど》れ！」

『！　おうっ！』

意図を察したケルベロスが、アデルの影の中に戻ってその姿を消失させる。

聖女と盟約した神獣は、聖女の影と一つになると言うが、体感としては胸の内に何か、今まで無かったものが場所を取ったような感覚がある。

アデルはその部分に強く手を当て、全力で『気』を流し込む。

――『神獣憑依法《しんじゅうひょうい》』！


ゴオオオオォォォォオッ！


アデルの身が炎に包まれ、巨大《きょだい》な火柱が噴き上がる。

その中でアデルの頭部にケルベロスの犬耳が、腰の後ろにふさふさとした尾が出現した。

「マッシュ！　メルル！　私の足下《あしもと》に伏《ふ》せろっ！」

　そう呼び掛けながら、アデルは火蜥蜴の尾《サラマンダーテイル》の刃を長い双身《そうしん》に形成する。通常の赤い炎ではなく、強化された蒼い炎でもなく、ケルベロスの一族に伝わるという黒い炎の刃だ。

　この数、この密度に対抗《たいこう》するには、力ずくで――

「蹴散《けち》らすッ！」

　頭上で、双身の黒い炎の刃を高速旋回《せんかい》。

　全周囲を一気に薙《な》ぎ払《はら》う。

　黒い炎に触れたケルベロスの体は強く吹《ふ》き飛び、地面に叩《たた》きつけられる。

　刃の嵐《あらし》に巻き込まれなかった個体も、迂闊《うかつ》には近づけないと、遠巻きにこちらの様子を窺《うかが》う姿勢に変化する。

「さすがアデルだね！　大分数が減ったよ！」

「いや、だが……！」

　マッシュの視線の先、アデルの火蜥蜴の尾《サラマンダーテイル》で弾《はじ》き飛ばされたケルベロス達は、多少よろめきはするものの、すぐに起き上がって再び攻撃の隙を窺おうとして来るのだ。

「今のも効いてないの……!?」

　メルルだけでなく、ケルベロスもその様子を見て驚いているようだった。

『ぬう……っ!?　如何《いか》に我等が炎に強いとは言え、これは我が一族に伝わる伝説の黒い炎だぞ!? それに斬《き》られて、さしたる傷も負わんとは、こやつら、どこの群れの者だ!?』

その言葉が、アデルの頭の中に響《ひび》く。

(お前の知り合いというわけではないのだな?)

アデルはそう胸の内で呼び掛ける。

『ああ、知らぬ顔の者どもだ』

(それがお前よりも力が上という事か?)

『ふざけた事を言うな! そんなわけが無いだろう!』

即座《そくざ》に強く否定された。

『だが異様である事は確かだ。黒い炎ならばいくら我等とて無事には済まぬはず!』

「ならば、カティナか……!? カティナが神獣を操《あやつ》る事によって、よりその力が強く!?」

しかし、聖域の範囲《はんい》やそこに満ちる神滓《アニマ》の強さは聖女に依存《いぞん》して効果が変わるが、神獣自体の強さも変わるものなのか?

神獣については、神獣そのものの力が物を言うとアデルは認識《にんしき》していたが、それもカティナの『集いの大聖女』たる力だろうか。

「アデルのあの力……油断は禁物みたいね——ならば!」

そう呟《つぶや》いたカティナがパチンと指を弾いて、何かの合図を出す。

「「「オオオォォォォンッ！」」」

　すると、ケルベロス同士が三体で輪になり、お互いの鼻先を擦《す》りつけるようにしながら、高く強く遠吠《とおぼ》えを発した。

　するとその体が激しく輝《かがや》き、光に包まれる中でお互いの輪郭《りんかく》が朧《おぼろ》になり混ざり合って行く。「な、何だ……っ⁉」

『これは――――！　奴等《やつ》正気か⁉　何故そこまでするっ⁉』

　ケルベロスがアデルの胸の中で、そう声を上げている。

　そして光が消えた後には、三体のケルベロスの姿は、一体の大きなケルベロスの姿になっていた。

　そしてただ大きくなったのではなく、多頭の、首の三つある犬の神獣の姿になっている。

「この姿は⁉」

　アデルのケルベロスの首は一つで、その姿は黒と赤の毛並みの巨大な犬である。

　が、文献《ぶんけん》などにはケルベロスの首は三つあると記載《きさい》される事もある。

　実際ユーフィニア姫の蔵書の中に、三つ首のケルベロスの絵が載《の》っている本があった。

　ケルベロスは高位の神獣であるがゆえに、実態を誇張《こちょう》するような表現がされているのかと思っていたが、実際にこういう姿を取る事があるとは。

（お前達は、こんな風に一つになる事が出来るのか⁉）

『だが、禁忌《きんき》とされる行為《こうい》だ！　長く一つになれば意識が過剰《かじょう》に混ざり合い、いずれ我を失い同族すら食い殺す獣《けもの》と化す。聖女と盟約し一つになるのとは訳が違う！　こやつらは何故それを、こうも躊躇《ためら》いも無く行えるのだ⁉　正気とは思えん！』

（カティナの指示だ。意識までカティナに支配されているのかもしれんな）

カティナの元々の力なのか、狂皇トリスタンに似た、あの異様な気配を身に纏っているからなのか、それは分からない。

狂皇トリスタンも、今のトリスタンとは一線を画す異様な力を有していたし、その影響《えいきょう》という線は考えられるが、推測の域を出ない。

ただ、カティナは神獣の意思を無理矢理《むりやり》奪《うば》い、禁忌とされる行為を行わせるような人間ではない。明らかにおかしい。それだけは分かる。

『ぬうっ！　何とかならぬのか？　何とかこやつらを救ってやる事は……⁉』

（分からんが、今は倒《たお》すより制する事だ！　命は奪《うば》わずに、動きを止める！　いいな⁉）

アデルとしても、ペガサスやユニコーンの群れなら知った事ではないかも知れないが、世話になっているケルベロスの群れの事は心配だし、何とか救ってやりたいとも思う。

アデルのケルベロスにしても、同族を殺める事はしたくないだろう。

『うむ、分かった！　我が聖女の意思に従おう！』

「アデルっ！」

「来るよっ！」

三つ首になったケルベロス達が、再びアデルの火蜥蜴の尾《サラマンダーテイル》の間合いに踏み込んで来る。

「やらせんっ！」

再び双身の黒い炎の刃を、激しく旋回させる。

先程はケルベロス達を苦も無く弾き飛ばしていた刃はしかし、今度は三つ首のケルベロス達の牙《きば》の前に組み止められてしまう。

「何っ⁉」

双身の刃のそれぞれに、二体ずつの多頭のケルベロスが食《く》らいついていた。

『気をつけろ！　同化した我等は、個々の力とは比較《ひかく》にならん！』

「ああ、そのようだな……っ！」

火蜥蜴の尾《サラマンダーテイル》から伝わってくる手応えには、単にアデルの黒い炎の刃を止めるだけではなく、このまま引きずり倒してやろうという強烈な力を感じる。

しっかり腰《こし》を落とし、全力で踏ん張っていないと、あっという間に体を持って行かれそうだ。

複数がかりとは言え、エルシエルの四神すらあしらう『神獣憑依法』と、力で拮抗して来るとは驚異的《きょういてき》だ。

そして多頭のケルベロスはまだ、全員ではない。

残る数体がアデルの正面に並び、一斉《いっせい》に大きく息を吸い込んだ。

その口元にゆらめく炎は、紅蓮《ぐれん》の赤ではなく、漆黒《しっこく》の黒だった。

『黒い炎っ⁉　こやつら！』

火蜥蜴の尾《サラマンダーテイル》を握《にぎ》った手は、喰《く》い付いて来たケルベロス達との力比べで塞がっており、一《いっ》瞬《しゅん》も緩《ゆる》める事が出来ない。

「ならばっ！」

アデルは面前に強く意識を集中する。

すると体の前に、黒い炎の火球が現れ、握り拳《こぶし》大からどんどん巨大になっていく。

あっという間に、アデルの身長より大きいくらいに膨《ふく》れ上がった。

黒い炎の火球はあまり乱発は出来ないが、ここは仕方が無い。

多頭のケルベロス達が一斉に黒い炎を吐《は》き出すのに合わせて、アデルも火球を解き放つ。

ズゴオオオオオオォォォォォォッ！

それがお互いの間で炸裂《さくれつ》し、巨大な火柱と化して噴き上がった。

地面を抉《えぐ》り、その余波が強烈な爆風《ばくふう》を周囲に撒《ま》き散らす。

アデルの足下も崩《くず》れたため踏ん張っていられず、同時に爆風を身に受け、後方に体を持って行かれた。

「「「うあああぁぁぁっ⁉」」」

アデルだけではなく、マッシュも、メルルも。

三人の身は吹き飛ばされ、後方のユーフィニア姫達《ひめたち》がいる尖塔《せんとう》へ。

「マッシュ！　メルル！」

アデルは空中で身を翻《ひるがえ》しつつ、マッシュとメルルの体を抱え、尖塔の壁《かべ》を蹴《け》って体勢を立て直す。かなり強く蹴ってしまったが、尖塔を覆《おお》う光のおかげで衝撃《しょうげき》が和《やわ》らぎ壁を蹴り壊《こわ》さずに済んだ。

「二人とも、大丈夫《だいじょうぶ》か⁉」

「ああ、済まない！」

「ありがと、アデル！」

ケルベロス達の放った黒い炎の吐息《とき》と、アデルの放った黒い炎の火球とがぶつかり合い、爆発した後には、地面に穿《うが》たれた大穴だけが残っている。

熱で灼《や》かれた地面からは、不自然に湯気のようなものが立ちこめていた。

結果的には、一旦《いったん》間合いを取って仕切り直す事が出来たとも考えられるかも知れない。

ただ、こちらは尖塔の前に押《お》し込《こ》まれてしまった形だ。

「中には姫様達《ひめさまたち》がおられる！　これ以上は進ませられんぞ！」

アデルの台詞に、マッシュもメルルも強く頷く。

多頭になったケルベロス達は同化したため数こそ減ったが、その分巨体《きよたい》になり何よりその力が圧倒的《あっとうてき》に跳《は》ね上がっている。

複数がかりでなおかつ同じ炎の力であるがゆえに、圧倒的な耐性をあちらは有しているという相性《あいしょう》の悪さを鑑《かんが》みても、『神獣憑依法』を発動したアデルを押し戻すとは驚異的だ。

『神獣憑依法』を身に付けた今のアデルは、時を遡る前よりも戦力が上なのは間違《まちが》いない。

そして、時を遡る前の状態で、狂皇トリスタンを倒す事は出来た。

今は、大量のケルベロスを駆《か》るカティナを制する事が出来ていない。

つまり、今のカティナは狂皇トリスタンを上回る——それほどの脅威《きょうい》だ。

と、尖塔の内から駆け出してくる二つの人影《ひとかげ》が。

「こ、これは!?」

「凄い音がしたけど、ハデにやってくれてるね」

ユーフィニア姫と、そしてクロエだった。

「姫様！　クロエ殿《どの》！」

「アデル！　クロエ様からお聞きしました、やはりこれはカティナ様が……？」

ユーフィニア姫は信じられない、と言いたそうな複雑な表情だ。

「は、ははっ。しかし、あれはいつものカティナではありません！　得体の知れぬ何かが、カティナの意思を乗っ取り、突《つ》き動かしているようにしか！」

「では、その何かを祓《はら》えば、カティナ様をお救いする事が出来るのですか？」

「はい、姫様！　きっとそうです！」

「アデル。あんたの言う事は正しいけど、正しくないね――」

クロエが矛盾《むじゅん》する事を言ってくる。

「どういう事です？　クロエ殿？」

「ゆっくり話したいけど、カティナが待ってくれるかね……！」

クロエはケルベロスを率いてこちらに向かってくるカティナへと視線を向ける。

「アデル！　ここは俺《おれ》が前に出て、時間を稼《かせ》ぐ！　その間に手立てを！」

「マッシュ……!?」

「駄目《だめ》よ、マッシュだけにいい格好はさせないから」

そう言ってマッシュの隣《となり》に並ぶのは、メルルだった。

「姫様、リリスちゃんにあたしの体を貸してあげて下さい！」

「メルル……！　はい、分かりました！」

ユーフィニア姫がリリスを召喚《しょうかん》し、リリスはメルルの体に入ろうとする。

マッシュとメルルの腕《うで》は確かだ。

リリスの力も合わせれば、更《さら》にメルルの戦力は増す。

しかし、このままマッシュとメルルだけに前線を任せて良いのだろうか。

そう思うのは、時を遡る前のマッシュとメルルの行く末をアデルが知っているからだろう。　二人とも今から数年後――アデルがもう少し成長したユーフィニア姫にナヴァラの移動式コロシアムから救い出して貰《もら》う頃《ころ》には、その命を失っていたのだ。

それを考えると、二人だけに任せてしまうのはどことなく不安を覚える。

「さぁ、もう一度皆《みな》の炎を……！」

カティナがそう神獣達《しんじゅうたち》に指示を出す。

「来るぞ！　少しでも前に出て狙いを逸《そ》らすんだ、メルル！　アデルは後詰《ごづ》めを！」

「ええ……でもごめんね？　あの子、眠《ねむ》ってしまったわ」

メルルの瞳《ひとみ》は紅《あか》く妖《あや》しく輝き、背にうっすらと蝙蝠《こうもり》の羽のようなものが見える。

いつものメルルの溌剌《はつらつ》とした様子ではなく、どこか妖艶《ようえん》な雰囲気だ。

「よし……！　頼《たの》む、二人とも！」

マッシュとメルルが前に出て、アデルはいつでも援護《えんご》に入れるように後ろに控《ひか》える形だ。

ユーフィニア姫とクロエの守りも兼《か》ねるのだ。

不安ばかり覚えていても、どうにもならない。

それは見方を変えれば、共に護衛騎士《きし》を務める二人を信じていないという事にもなってしまうだろう。そうではない。ここは信じて、力を合わせるのだ。

「向こうを攪乱《かくらん》すればいいのね？」

紅い瞳を妖しく輝かせるメルルが、三つ首のケルベロス達に突っ込んで行く。

その動きは速い。『錬気増幅法《ぞうふく》』で脚力《きゃくりょく》を強化したアデルにも劣《おと》らないかも知れない。

しかし直線的で、言い換《か》えれば無鉄砲《むてっぽう》とも言えなくもない動きだ。

当然ケルベロス達には格好の獲物《えもの》となる。

「「「グオオオオォォォオッ！」」」

一斉に爪《つめ》や牙が、メルルの身に降り注いで行く。

メルルはそれを、高く飛び上がり躱《かわ》してしてみせる。

ケルベロスの後方に抜《ぬ》けるような、高く速い軌道《きどう》の跳躍《ちょうやく》だ。

「……いかん――！」

アデルは思わず呟いて、火蜥蜴の尾の鞭《サラマンダーテイル》を長く伸ばしそうになる。

目の前のケルベロスの攻撃を飛び越えて躱しても、その後ろにも別の個体がいる。

高く大きく飛ぶという事は、その後方の敵にとっては容易に狙える絶好の的になると言う事だ。

案の定後方のケルベロスがメルルの動きに素早《すばや》く反応し、跳躍中のメルルを捕らえようと爪の斬撃を繰《く》り出したり、着地点で大きく口を開いて一気に食い付く構えを取っている。

このままでは、そのどれかにメルルが討《う》たれてしまう。

しかし――ふわり。とメルルの体が一瞬空中で浮《う》き上がり、跳躍の軌道と着地の位置がずれる。

跳躍中のメルルを狙った攻撃は空振《からぶ》りし、着地点で待ち受けていたケルベロスの予測位置より後ろにメルルは着地する。

「……やるな！」

背にうっすらと見える翼《つばさ》が、空中のメルルの動きを絶妙《ぜつみょう》に制御《せいぎょ》してくれるのだ。

初めからそのつもりで、あえて目を惹くように突っ込み、狙いやすいように見える動きで跳躍もして見せたのだ。

「何をやっているの……⁉　落ち着いて動きを――」

そう言うカティナに向けて、メルルは更に一直線に突進《とっしん》して行く。

敵陣《てきじん》に単騎突入《たんきとつにゅう》して、大将首を狙いに行くような動きだ。

さすがに多勢に無勢過ぎる。アデルでもやらないような無鉄砲な動きだ。

「メルル！　無茶だ！」

「舐《な》めないでッ！」

全てのケルベロス達が一斉に殺到する。

完全に逃げ場を塞ぐ程の密度で、メルルの身に攻撃を浴びせる。

さすがに避けようがなく、ケルベロスの炎がメルルに直撃《ちょくげき》し――

その姿がふっと歪《ゆが》んで消えた。

「何っ⁉」

カティナが声を上げる。

「ふふっ。こっちよ――？」

妖しげな声は、やや後方のマッシュの側から。

メルルは全くの無事な様子だった。

「幻《まぼろし》か……⁉　なるほどな……！」
メルルの体を操るリリスの力で、幻影《げんえい》を生み出したのだ。
最初に突っ込んで行ったメルルそのものが幻影だった。
だからあんな無謀《むぼう》とも思える突撃《とつげき》を敢行《かんこう》出来たのだ。
そしてあんな動きをされれば、向こうとしても対応せざるを得ない。
その間相手の足は止まるというわけだ。
メルルは再び動き出し、ケルベロスの集団へと突進を掛けようとする。
だがそれも、幻である可能性はある。
「近付かせないでッ！　だけど幻の可能性もある、本体も探して……！」
カティナとしては、そうせざるを得ないだろう。
目の前のメルルが本物である可能性もある。無視するわけにはいかない。
そして偽物《にせもの》である事を考えれば、本体を討たねば始まらない。
カティナの側を固めていたケルベロス達が、散開をし始めた時――
キュオオオオオォォォッ！

カティナの眼前に炎の鳥の術法が迫《せま》っていた。

「……っ⁉」

一瞬カティナの顔色が変わるが、即座に多頭のケルベロスの一体が間に入る。

直撃した炎の鳥が弾け飛んだ後——ケルベロスの表皮には傷一つない。

多少姿勢が崩れてよろめいた程度だ。

「効かないわね……！」

「想定内だっ！」

マッシュは更に炎の鳥を連打する。

それは再びカティナの近くまで飛んでいき、今度はその周囲を旋回し始める。

するとカティナの四方をケルベロス達が囲い防御《ぼうぎょ》を固める態勢を取った。

カティナ本人がその術法を受けるわけにはいかない、という判断だ。

となるとマッシュが術法を撃《う》つ事で、カティナの防御に回るケルベロスの分は足を止めさせる事が出来る。

そうする事で、メルルに向かうケルベロスの数を削《そ》ぐ事が出来る。

敵を倒す事には繋《つな》がらないかも知れないが、時間を稼ぐ事には繋がるだろう。

マッシュとメルルはやってくれる。ならば——

「クロエ殿、前線は支えてくれそうです！　今のうちに――――！」

アデルは後ろに目を向けクロエに呼び掛ける。

「ああ！　カティナが何かに取り憑《つ》かれてるっていうのは、ニコもそう言ってる。なあ、ニコ⁉」

呼び掛けながら、クロエはユニコーンを自分の影《かげ》から召喚する。

『のわあああああぁぁぁぁっ⁉　こ、こんな時に俺を呼ぶなよクロエっ！』

喚《よ》び出されたユニコーンは、哀《あわ》れなくらいガタガタと震《ふる》えながら声を上げる。

「びびってる場合か！　ほら見ろ！　あんたの目から見て今のカティナはどうなんだ⁉」

『別に外に出ても変わらねえよ！　何かとんでもねえのが取り憑いてる！　ありゃあ、えげつないほど強力な悪霊《あくりょう》みたいなもんだ！　ほっとけば元の人格すら壊れるぞ！』

「悪霊⁉　ではその意思が、カティナにあんな行動を……⁉」

そして時を遡る前の、トリスタンも――

「ペガさんっ！」

ユーフィニア姫もペガサスをその場に喚び出す。

『どわあああああぁぁぁぁっ⁉　ぎゃああああぁぁぁぁっ⁉　ひぃぃぃぃぃぃっ⁉』

「落ち着け！　静かにしろ！」

アデルがペガサスの首根っこを掴《つか》んで黙《だま》らせる。

「ペガさん！　ニコさんの仰《おつしや》っている事は本当ですか？　ペガさんも感じますか!?」

『お、おおそうだな、マジでやべえぞあれは——超《ちようきようりよく》強力な悪霊ってか、呪《のろ》いの集合体って言うか。絶対逃げた方がいい！　マジで！　ヤバいから！』

「そういったものであれば、前にお前が未開領域で『嘆《なげ》きの鎧《よろい》』を浄化《じようか》したように、カテイナを解放してやれないのか!?」

『いや、俺じゃダメだ！　俺の浄化の力ってのは、ユニコーンの群れで習ったモンだ。だがそれじゃ、本家本元のユニコーンどものようにはいかねえんだ。悔《くや》しいが、本家様の力を借りるしかねえよ』

ペガサスはそう言って、悔しそうに首を振《ふ》る。

なるほど本来のペガサスの力というのは、先程『見守る者達』が生み出した空間から帰《き》還《かん》したように、異なる世界を飛び渡《わた》る力なのだろう。

浄化はあくまで余技。ユニコーンの群れで育ったという生育環境《かんきよう》で、後天的に身に付いたものなのだ。種族が近いゆえの事なのかも知れない。

『はっ！　駄馬《だば》が！　ようやく自分の負けを認めやがったか！　ユニコーンより優《すぐ》れたペガサスなどいねぇ！』

クロエのユニコーンが、これ以上無いくらいふんぞり返っている。

『ああ、そうだな。悔しいが、ここはお前に任せたぜ！　じゃ、そういう事で！』

ペガサスはそう言うと、ユーフィニア姫の影に引っ込んでしまう。

『あっ！　てめえ人任せにして逃げる気かっ⁉』

そう声を上げるユニコーンの首には、アデルが首輪代わりに火蜥蜴の尾《サラマンダーテイル》を巻き付けておいた。

「お前は逃がさんぞ！　カティナを救うために力を貸して貰う」

『ひ、ひいいぃぃぃっ⁉』

涙目《なみだめ》になるユニコーンだった。

「気合い入れな、ニコ！　あんたの仲間達もカティナと盟約してるんだろ？　そいつらを助けてやるためにもな！」

『あ、あんな奴等どうなってもいいいいぃぃぃぃっ！』

何とも薄情《はくじょう》な泣きを入れるユニコーンである。

本人の意思にかかわらず、ここは無理にでも協力させる他ないが。

「なら、助け出して死ぬ程《ほど》恩に着せてやればいいだろ！　言っとくがここで逃げたら、あんたとの盟約はこれっきりにさせてもらうよ！　こっちはあんたに気を遣《つか》って、二十歳《はたち》過ぎてもずっと独り身でいてやってるんだからな！」

「「えええっ⁉」」

アデルもユーフィニア姫も声を上げてしまっていた。

驚いたのは、クロエの年齢《ねんれい》についてだ。

華奢《きゃしゃ》で小柄《こがら》で幼く見えるので、アデルやメルルと同じか、それ以下だと思っていた。

アデルより年上のカティナの更に上とは。

確かに落ち着いた物腰《ものごし》は年上の女性のそれだったかも知れない。

「……何だよ、あんたら？」

クロエがアデル達をちらりと見る。

「い、いえ……思ったよりも年上だったものですから」

「カティナより上だとは――」

『独り身なのはお前がモテない事に問題があるのでは……？』

「あぁぁぁん？」

クロエがユニコーンを思い切り睨《にら》み付ける。

『わ、分かった！　分かったよ！　だが言っとくが俺は弱ぇぞ⁉　一歩も動かずに浄化だけすりゃいいようにお膳立《ぜんだ》てして貰わねぇと、何にも出来ねぇからな？　そこんとこ頼むぜ!?』

「ああ、いいだろう。それは私達の役目だ！」

「ですがクロエ様、先程《さきほど》仰《おつしや》っていた、正しくないというのは？」

ユーフィニア姫も気がかりだったようで、その事をクロエに尋《たず》ねる。

「ああ……あんたら、ニコがカティナを浄化出来ればそれで済むと思ってるだろ？」

クロエは、ケルベロスに騎乗《きじよう》し戦況《せんきよう》を見つめるカティナを指差す。

その周囲を多頭のケルベロスががっちりと固め、まるでケルベロス達の女王だ。

「……でもそうはいかないさ。いくら何かに操られてたって言っても、証明出来るものも無い。カティナが皆《みな》を襲《おそ》わせた所は、全員が見てる――だから、仮にカティナが自分を取り戻したとしても、罪を問われる事は免《まぬが》れない。あたしにだって庇《かば》えないよ」

「「……！」」

それがどんな罪になるのか。火を見るより明らかだ。

「エルシエル姐《ねえ》さんはまだアルダーフォートだけの、聖塔《せいとう》教団内部の事だと言えたけど、カティナは各国のお偉《えら》い方に手を出しちまってる。聖塔教団と各国の協力関係がぶち壊しになりかねないヤバい事態だよ」

「では、クロエ殿は、カティナを救おうとするだけ無駄《むだ》だと？」

「そんな……」

確かに、クロエの言う通りではあるだろう。

カティナが元に戻ろうとも、罪に問われる事は変わらない。

そして罪の内容は、間違いなく死罪だろう。

カティナを助けずに倒しても、倒さずに助けても、最終的に行き着く先は同じという事だ。「いや、だったらニコの尻《しり》を叩いたりしないよ」

しかし、クロエは首を振る。

確かに、クロエ自身もユニコーンを動かして、カティナを悪霊のような何かから解き放とうとはしているのだ。

その意図がどこにあるのか、アデルにも測りかねる。

「あたしが言いたいのは、今まで通りには絶対にならないって事さ。それでもカティナを生かしたければ……倒されて死んだ事にして、どこか遠くに隠《かく》すしか無い。そしてそれは、誰にも見られちゃいけない」

クロエはそう言うと、懐《ふところ》から短剣《たんけん》のようなものを取り出す。

いや、極端に柄《え》の短い槍とも言えるかも知れない。

短剣の刀身や槍の穂先《ほさき》に当たる部分が何かの角で出来ており、そこに神滓結晶《アニマけっしょう》が埋《う》め込まれている。

これも、クロエ手製の術具だろう。

角の部分の色や質感が、クロエの隣にいるユニコーンのニコのものによく似ているので、ユニコーンに関わる術具なのかも知れない。

「一角獣の結界刀《ユニコーンウォール》っ！」

そしてそれをクロエが地面に突き立てると、細長く高い三角錐《さんかくすい》の光が、アデル達を囲うように出現した。

これは先程《さきほど》までユーフィニア姫達がいた尖塔を守っていたものだ。

「あたし達以外は、皆城の外に逃がした。そして――！」

と、クロエは術印を切り一角獣の結界刀《ユニコーンウォール》に術法を放つ。

天馬の門《ペガサスゲート》にも使っていた、術具強化の術法だ。

今はユーフィニア姫の聖域が周囲に展開されている。

その神滓《アニマ》を利用しているのだ。

クロエの術法を受けた一角獣の結界刀《ユニコーンウォール》は輝きを増し、その規模が大幅《おおはば》に拡大していく。

炎上《えんじょう》する城全体を覆い尽《つ》くす程の巨大さだった。

「すごく……大きい！」

ユーフィニア姫が目を丸くしている。

「しかしクロエ殿、これでは我々を守る壁の役割には……」

アデルの問いにクロエは首を振る。

「守るためのものじゃない。これは外と中を隔離《かくり》するもんだ。誰《だれ》にも見られないようにな。そしてカティナを元に戻して、遠くへ逃がすんだ」

「なるほど、これは目隠《めかく》しだと」

「終わったら、カティナはあたし達《たち》が倒して死んだと報告する。今しか、これしか方法は無い」

クロエは眦《まなじり》を決した真剣《しんけん》な表情で、アデル達を見る。

「勿論《もちろん》、バレたらただじゃ済まないよ？　あんた達も、あたしも共犯だ。それでもやるか？　あんたらはそれでいいのか？」

「……！」

確かに、状況《じょうきょう》はクロエの言う通りだろう。

今しか無いし、これしか無い。

そして生きていれば死罪確定のカティナを逃《に》がして生死を偽《いつわ》る以上、それが露見《ろけん》してしまえばタダでは済まない。

そこまでアデルは見切れていなかったかも知れない。

自分だけがそれをするのはまだいいが、ユーフィニア姫にもその片棒を担《かつ》がせてしまう事になってしまう。

いくらカティナを救うためとは言え、ユーフィニア姫を危機に陥《おとしい》れる可能性のある行動を、躊躇い無く取る事はアデルには出来ない。

最も敬愛する人。アデルの生きる意味そのものである人なのだ。

「た、確かにクロエ殿の仰る通りです。私は考えが足りなかったかも知れません――」

正しいが、正しくない。

結果の見通しや、その事に対する覚悟《かくご》が足りないという事だ。

そしてクロエは、それを承知した上でカティナを救おうとしている。

目撃者《もくげきしゃ》となり得る要人達の目を避難《ひなん》に託《かこつ》けて引き離《はな》し、一角獣《ユニコーン》の結界刀《ウォール》の結界で入ってこられないようにして、しっかりと準備を整えた上で。

情け深く、思慮《しりょぶか》深く、大聖女の地位に相応《ふさわ》しい尊敬すべき人物だと感じる。

「なら今考えて決めな。どうするんだ？　カティナを倒すだけなら、ユーフィニア姫にあたしの側にいて貰う必要も無い。ペガにでも乗って、避難して貰った方がいいな」

『あ、オレそれ賛成かも〜？』

『お、オレも～』

「ニコ！　あんたは黙ってな！」

「ペガさんも！　わたくしは避難はしません！　残ってクロエ様のお手伝いをします！」

ユーフィニア姫は真剣な顔で、そう宣言をする。

「ひ、姫様、しかし……！　私の我儘《わがまま》に姫様を巻き込んでしまうわけには」

「巻き込むも巻き込まないもありませんよ、アデル？　だって、わたくしだってアデルと同じ気持ちですもの。逆に、アデルがわたくしを止めるようならどうしようかと思いました。こんな事に無理に従えるなんて心苦しいですから、ね？」

「姫様……」

「何も気にする事はありません、カティナ様をお救いする事だけを考えましょう！」

「ははっ！」

覚悟は、決まった。

こうなれば後は、ユニコーンの強力な浄化の力をカティナにぶつけるのみだ。

そしてカティナに取り憑いている何かから、本来のカティナを解放する。

「では、前線を変わります！　マッシュとメルルにもお話を！」

アデルが前に出ようとした時——

「う……！　ぐぅ……っ！」
マッシュの足元がふらつき、膝《ひざ》を突いてしまっていた。
おそらく術法の使い過ぎだ。
短時間に乱発すれば、術者にはかなりの身体的負担がかかる。
それで立ち眩《くら》みを感じたのだろう。
それ位の勢いでマッシュは炎《ほのお》の鳥の術法を連発していたのだ。
仕方のない事だろう。
が、それは乱戦を繰り広げている最中においては、致命的《ちめいてき》な隙《すき》となってしまう。
「マッシュ！　左だ！」
マッシュの隙を見逃《みのが》さず、多頭のケルベロスの一体が肉薄《にくはく》している。
巨体をぶつける突進の構えだ。
火蜥蜴《サラマンダー》の尾《テイル》の鞭《むち》を伸《の》ばすが、間に合わないかも知れない。
しかしそのマッシュの前に割《わ》り込んでくる影がある。
メルルだ。身を挺《てい》してマッシュを庇うつもりか、いや——
更にメルルの身から影が抜け出し、実体化をする。
リリスだ。

マッシュも、メルルも庇って、リリスがケルベロスの攻撃《こうげき》をその身に受けた。

『あああぁぁぁぁぁっ⁉』

人の少女に極《きわ》めて近いリリスの体は軽く吹《ふ》き飛び、何度も地面を跳ねるようにして遠くに飛んで行ってしまう。

「リリスっ⁉」

「リリスちゃん！」

意識を取り戻《もど》したメルルも声を上げていた。

「す、済まない……！　俺が！」

悔《く》やむマッシュの視線の先で、リリスは黒い影となりユーフィニア姫の影と一つになっていく。

「ありがとうございます、リリスさん……！　これ以上無理せず、わたくしの中で休んで下さい」

ユーフィニア姫がリリスを労《ねぎら》うように、そっと胸に手を当てている。

傷つきはしたが、致命的ではないようだ。

聖女と一つになっている状態で、神獣《しんじゅう》の傷は急速に癒《い》えていく。きっと大丈夫だろう。

しかしマッシュもメルルも傷つけないように自分の身を挺して庇ってくれるとは、妖艶で悪戯《いたずら》好きだがとても心優《こころやさ》しい神獣だ。

ペガサスとは大違《おおちが》いで、ユーフィニア姫の神獣として相応しいと思う。

その献身《けんしん》には、必ず報《むく》いなければならないだろう。

「マッシュ！　リリスは大丈夫だ！　メルルも一旦下がってくれ、前線を代わる！」

「あ、ああ……！」

「うん分かった、アデル！」

アデルが前に出て、代わりにマッシュとメルルが下がる。

「カティナ！　今助けてやるぞ！」

敵陣に臨《のぞ》むアデルは、カティナへと呼び掛《か》けた。

「助ける？　助けると言うなら、私と一緒《いっしょ》に邪魔《じゃま》な各国の王達を殺すのを手伝ってくれないかしら？　他の国々を制圧する騎士団《きしだん》を作らないといけないから、アデルがそれを指揮してくれると助かるわ」

「馬鹿を言うな！　貴様ではない！　貴様が取り憑いて支配しているカティナの事だ！」

この状態でも、カティナは本来のカティナが持っているであろうアデルへの親愛の情をそのまま見せてくる。

完全に別人格ではなく、性格や思考が極端《きょくたん》に歪められたような感じだ。

「そして貴様は何者だ⁉　何かしらの意思ある者が、カティナを操《あやつ》っているのは分かっている！」

「ふふっ。何を言っているの？　私は私よ？」

「ならばこれ以上、話す事は無いな！」

「そう……なら、お別れするしかないわね。さようなら、アデル！」

「「「オオオオォォォォォォンッ！」」」

カティナがさっと手を翳《かざ》すと、多頭になったケルベロス達が一斉に呼応して声を上げる。

そして、アデルの前面に幅広《はばひろ》く展開した状態から、猛然《もうぜん》と突撃を開始する。

「クロエ殿！　ここは私が突破口《とっぱこう》を開きます！　ユニコーンの準備を！」

アデルは迫って来るケルベロス達に目線を向けたまま、クロエに呼び掛ける。

「アデル⁉　やれるのか⁉」

「お任せを！」

そう言い残し、アデルも前へと駆け出して行く。

黒い炎の火蜥蜴の尾《サラマンダーテイル》は、一本の剣《けん》の状態に。

そしてそれは、アデルが歩を進めて前に出るごとに、どんどんと巨大《きょだい》な火柱のように拡大して行く。

「何……っ⁉　刃《やいば》がどんどんデカく……っ⁉」

クロエの驚《おどろ》きの声が背中から聞こえる。

『神獣憑依法《しんじゅうひょうい》』を発動した今の状態でも、気を溜《た》め込んで威力《いりょく》を格段に引き上げる事は可能だ。

ただし、消耗《しょうもう》が激しく気を練る時間が長く必要になる事は変わらない。

消耗の面はさておき、後方に待機している間に気を練る時間は十分に取れた。

だからこれで――突破口を開く！

「でええええええええええいっ！」

巨大な黒い炎の刃で、アデルは前面のケルベロス達を薙《な》ぎ払《はら》う。

ズゴオオオオオオォォォォォッ！

地面を抉り取り巨大な轍《わだち》を残しながら、膨大《ぼうだい》な火柱の刃がケルベロス達を捕らえる。

「「「グオオオオオォォォォッ⁉」」」

巨大な体も為《な》す術《すべ》も無く吹き飛び、クロエが張った一角獣《ユニコーンウォール》の結界刀の結界に一斉《いっせい》に叩《たた》きつけられていた。

結界があって良かった。吹き飛ばし過ぎて、城外に避難したトリスタン達を襲われても困る。

そしてあの巨大な黒い炎の柱に撃たれて燃《も》え尽きないのは、ケルベロス達がケルベロス達であるが故だろう。

蒼《あお》い炎の刃を巨大化《きょだいか》させた状態ですら、エルシエルを一撃《いちげき》で屠《ほふ》る威力があるのだ。

これで消滅《しょうめつ》しないのは驚異的《きょういてき》な耐性《たいせい》、防御力《ぼうぎょりょく》――そして都合がいい。

ケルベロスを殺すつもりではなく、解放するのが目的なのだから。

多少手荒《てあら》な真似《まね》をしても問題ないという事だ。

「な、何⁉　こんな力が――⁉」

カティナも、遥《はる》か遠くに弾《はじ》き飛ばされた多頭のケルベロス達を唖然《あぜん》と見つめている。

今や守りを固めていたケルベロス達は軒並《のきな》み吹き飛ばされ、カティナの周囲はがら空きだ。

「クロエ殿！　今です！」

「よし行け！　ニコ！」

『こ、根性《こんじょう》おぉぉぉぉぉぉぉぉぉぉっ！』

ユニコーンがカティナに向けて突進して行く。

その角が白く強く光《ひか》り輝《かがや》き、浄化の力を発揮しているのだと分かる。

ユニコーンの下《げ》劣極《れっきわ》まりない性質と性格に反して、とても清らかで神聖な輝きだ。

これならば期待できる。そう感じさせるだけの説得力がある。しかし――

『いや、ダメだ！』

ユーフィニア姫の影から出てきたペガサスが、そう声を上げていた。


ひょいっ。


カティナが咄嗟《とっさ》に影から召喚し騎乗した一つ頭のケルベロスが軽く身を翻《ひるがえ》して横に避《さ》けると、ユニコーンはあっさりその横を通り抜けてしまう。

『あうっ⁉』

そして後ろにあった小石に躓《つまず》いて、綺麗《きれい》に転がって倒《たお》れてしまう。

「「「「…………」」」」

全員、言葉を失ってしまう。

正直、そこで避けられるとは思っていなかった。

ちゃんとクロエの指示に従い勇気を出して向かって行ったのは、あのユニコーンにしては賞賛すべき事だ。

だが、そこはちゃんと当てて欲《ほ》しかった。

『あいつはユニコーンの群れの中でも、一番運動神経悪いんだよ！　だから馬鹿にされて群れ追い出されてんだ！　一歩も動かずに浄化だけすりゃいいようにお膳立てしてくれってのは、冗談《じょうだん》じゃねえんだ！』

「目障《めざわ》りね？」

カティナがユニコーンの方をちらりと見る。

同時に彼女《かのじょ》が乗るケルベロスの口元に、紅蓮《ぐれん》の炎がちらつく。

『ひ、ひぃぃぃぃいっ⁉』

ゴオオォォォォッ！

倒れたユニコーンに炎が放たれる。

しかしその体が倒れた状態からいきなりひょいと動き、炎を軽く避けてみせる。

「っ……⁉」

『のわあああぁぁぁぁあっ⁉』

ユニコーン自身も驚いているように、ユニコーンの力で避けたのではない。

その身に赤い炎の鞭が巻き付き、力ずくで空中に引っ張られたのだ。

「アデルっ⁉　もうこんな所に！」

カティナが目を見開いている。

アデルはペガサスの話を聞くと即座《そくざ》に反応し、全速力で突《つ》っ込《こ》んでユニコーンの身を火蜥蜴の尾《サラマンダーテイル》で引っ張り上げたのだ。

さらにアデルは火蜥蜴の尾《サラマンダーテイル》を手元で操作し、持ち上げたユニコーンの身を振り下ろす姿勢に入る。

「さぁ、望み通りにしてやるぞ！　動かずに浄化の力だけに集中しろ！」

『は、はいいいいいいいぃぃぃっ！』

目を閉じて集中したユニコーンの角が、再び清らかな浄化の光に包まれる。

「行けえええええええええぇぇっ！」

アデルが振り下ろしたユニコーンの角がカティナに迫る。

向こうも避けようとするのだが、その動きを追うように手元の炎の鞭を調整し、追いかける。

そしてユニコーンの角の先端《せんたん》が、カティナの身を捉え、触《ふ》れると――

バヂイイイイィィインッ！

巨大な障壁《しょうへき》のようなものに阻《はば》まれて、ユニコーンが停止してしまう。

「あぁ……っ⁉」

『のおおおおおおおぉぉぉぉっ⁉』

カティナはケルベロスの背から落ちる程度だが、ユニコーンは遥か高くに弾き飛ばされていた。

しかしその身は炎の鞭に縛《しば》られている。

『ぐえっ⁉』

ピンと伸びきった所で引き留められ、そのまま方向転換《てんかん》し、地面に墜落《ついらく》してくる。

『いやあああぁぁぁぁぁぁあっ⁉』

悲鳴を上げて地面に激突《げきとつ》する所を、下で待ち受けてアデルが受け止めた。

かなり重いが、受け止め切る事は出来た。

『あ、アデルちゃん⁉　助けてくれたのか⁉』

「まあな。私が叩きつけた結果だ。怪我《けが》は無いか？」

正直あまり助けたいような性格をしていないユニコーンだが、放っておけば大怪我《おおけが》を負いかねない高さと勢いだった。

今のはこちらに協力をしてくれた結果である。見過ごすのは忍《しの》びない。

『あ、ありがとおぉぉぉぉっ！　アデルちゃんあぁぁぁぁん！』

甘《あま》えた声を出し、アデルの胸元《むなもと》に顔を埋めようとすり寄ってくる。

「近寄るな。気色悪い」

角を掴んで押《お》さえつけ、引き離す。

『あああぁぁぁぁっ！　あの巨乳《きょにゅう》が目の前にあるのにいぃぃぃぃっ！』

「黙っていろ！　それより、どうだ⁉　お前の力は効いたのか⁉」

『わ、分からねえ！　何かの力で弾《はじ》かれたから、反応はしたんだろうけどな』

「カティナ！　正気に戻ったか⁉　カティナ！」

アデルはケルベロスの背から落ちたカティナに呼び掛ける。

ゆっくりと身を起こしたカティナは、アデルに向けて微笑《ほほえ》みを返してきた。

「言ったでしょう？　私は私。元に戻るも何も無いのよ」

「くっ……！」

『き、効いてねえのか⁉』

「ならばもう一度だ！　やるぞ！」

「そうは、させないわ――――！」

カティナの影から、次々と新しい神獣達《しんじゅうたち》が実体化を始める。

先程と同じ、ケルベロスの群れだ。

しかしその数が尋常《じんじょう》ではない。

「何っ⁉　まだこれほどの数を⁉」

最初に展開していた大群の数と、ほぼ変わらない量だ。

つまり最初のケルベロスの大群の時点では、まだ半分の数しか出していなかったのだ。

本気で相手を殺すつもりが無かったのは、アデルだけではなくカティナも同じだったのかも知れない。

恐《おそ》ろしいまでの許容量、底力だ。

本当に聖女としての実力は、エルシエルを超《こ》えているかも知れない。

それだけにカティナが狂皇《きょうこう》トリスタンのようになれば――――狂皇トリスタンをも上回る世界の脅威《きょうい》になり得てしまう。

「あなた達も、出なさいっ！」

更《さら》に、追加で出現し始めるのは、以前アデル達の前にも姿を現していたユニコーンの群れだ。

『ああっ！　てめえら！』

クロエのユニコーンが声を上げる。

しかしそれに応じてくる者はおらず、ユニコーン達は爛々《らんらん》と目を光らせているだけだ。

前に見た感じでは間違《まちが》いなく不毛な煽《あお》りや悪口の応酬《おうしゅう》になるはずだが、そういう雰囲気《ふんいき》が一切《いっさい》無い。

ユニコーンは皆ユニコーンであり性格は似たようなものなので、好みの聖女にしか興味が無く、唯一《ゆいいつ》の美点は暴力を好まないという所だけなのだが、それを失っているように見える。　正常な状態であれば皆で一斉に逃げ出そうとしそうなものを、こちらに敵意を向けてくる、立派な兵隊としての態度だった。

『何だおい⁉　どうにか言えよ！　いつも減らず口はどうしたよ⁉』

クロエのユニコーンも、その異様さに狼狽《うろた》えている。

やはりユニコーン達はカティナによって、何かしらの強制を受けているのだろう。

『アデルよ、どうする⁉　このままでは先に吹き飛ばした者共も戻って加勢をしてくるぞ！　そうなれば、どうにもならん！』

アデルの頭の中に、ケルベロスの声が響《ひび》く。

「くっ……！」

確かにケルベロスの言う通りではある。

最初に吹き飛ばした多頭のケルベロス達も、倒れたわけではない。

戻ってくれれば、ユニコーンの群れも合わせて、最初の三倍以上もの数になる。

この状況を打開する最も単純で明快な策は――

無いわけではない。無いわけではないが、やりたいかやりたくないかで言えば、やりたくない事だ。

「だ、だが……！」

「アデルっ！」

迷いを覚えるアデルの名を呼ぶのは、清らかで澄《す》んだユーフィニア姫《ひめ》の声だ。

「諦《あきら》めてはいけませんよ！　まだ……まだ打てる手はあります！」

「姫様《ひめさま》……!?」

「戻って来な！　アデル！　ニコ！」

クロエもユーフィニア姫と共に、手招きしている。

「分かりました！　はぁっ！」

アデルは火蜥蜴の尾《サラマンダーテイル》を巻き付けたユニコーンごと高く跳躍《ちょうやく》し、ユーフィニア姫達《ひめたち》の側まで飛び退《の》いた。

「姫様、打つ手とは⁉　カティナを救えるのならば、私は何でも致《いた》します！　何なりとお申し付け下さい！」

アデルがそう叫《さけ》ぶ一方で体勢を立て直したカティナは、ケルベロスやユニコーン達に指示を出す。

「もう何の遠慮《えんりょ》もいらないわ！　一気に全員、殺してしまいなさいっ！」

力強く振り下ろされた手の合図に合わせ、一斉にケルベロスとユニコーンの群れが動き出す。

もう一刻の猶予《ゆうよ》も無い。

即座に打てる手を打たないと、手遅《ておく》れになる。

「いいか、アデル！　今からあたしとニコの盟約を破棄《はき》して、切り離す！　代わりにあんたがニコと盟約しな！　そしてその合体の相手をニコに切り替《か》えるんだ。そうすればさっきより圧倒的《あっとうてき》に強い浄化の力になるはず……それでもう一度、カティナを！」

つまり『神獣憑依法』の相手を、ケルベロスからユニコーンに切り替えるという事だ。

『お、俺《おれ》とアデルちゃんをか⁉』

「ああ、一時的にな！」

「は、はぁ……！　しかしクロエ殿《どの》──」

問題が二つある。

まず第一に、目の前にカティナの神獣の軍団が、こちらを蹂躙《じゅうりん》するべくすぐ目の前に迫《せま》っているという事だ。

足を止めて集中して、盟約を行う余裕《よゆう》があるようには見えない。

「大丈夫《だいじょうぶ》だ！　あんたが盟約する時間は作ってやる！」

そう言ってクロエは、懐から何かを取り出す。

「それは一角獣の結界刀《ユニコーンウォール》……！」

もう一本、新しいものが出てきた。

「ああ、このもう一本であたし達を守る！」

クロエが地面に刀身を突き立てると、三角錐の光がアデル達を囲う。

しかしこれで、あれだけの数からの攻撃を防げるのだろうか。

今の状態では、アデルがケルベロスの力を使った黒い火球の一撃で吹き飛ばせてしまいそうに見える。

「「「ガアアアアァァァァァアァッ！」」」

一斉に突進《とっしん》してきたケルベロス達が、一角獣の結界刀《ユニコーンウォール》の光の壁《かべ》に飛びかかって行く。

その力と衝撃《しょうげき》で、壁は歪《ゆが》み、打ち破られそうになってしまっている。

「クロエ殿、これでは！」

とても守り切れない。落ち着いて盟約をする時間は作り出せないだろう。

「分かってる！　ユーフィニア姫！」

クロエは術印を切りながら、ユーフィニア姫に呼び掛ける。

「はい、クロエ様！」

決然と頷《うなず》くユーフィニア姫の肩《かた》に、クロエが直接手を触れる。

「ああああぁぁぁぁぁぁっ！」

するとユーフィニア姫の体が光に包まれ、苦しそうな声を上げる。

「姫様っ⁉　だ、大丈夫ですか⁉」

アデルは思わずユーフィニア姫に駆《か》け寄る。

「だ、大丈夫です！　さぁアデル、今のうちに……！」

ユーフィニア姫の苦しみと引き換《か》えに、一角獣の結界刀《ユニコーンウォール》の様相は変化していた。

より強く光り輝き、光の壁が分厚く、螺旋《らせん》を描《えが》くように何重にも。

壁全体に、複雑な文様のようなものまで浮《う》き上がっている。

範囲《はんい》を拡大するのではなく、同じ効果範囲の防御力を強固に引き上げたような姿だ。

そして強化された結界は、先程と同じケルベロスやユニコーン達の突撃《とつげき》を、ビクともせずに跳《は》ね返すようになっていた。

「こいつはそう簡単には破られそうにないぞ、アデル！」

「すごい……！　これなら大丈夫だよ、今のうちに！」

マッシュとメルルも、アデルを促《うなが》す。

「わ、分かりました姫様、クロエ殿！」

やるしかない。

ユーフィニア姫の苦しみをいつまでも続けさせるわけには行かない。

「よし、あたしとニコを切り離す！」

『お、おおおぉぉぉっ……!?』

ユニコーンの姿が光に包まれ、そしてその光が弾けて消失して行った。

クロエとユニコーンのニコとの盟約が、破棄された結果なのだろう。

「よし今だ！　盟約の仕方は分かるはずだな!?」

「ええ……！」

ケルベロスと盟約した時のように、心を開いて、抱《だ》き締《し》めるように一つに——

「さぁ行くぞ！　私に力を貸して貰《もら》おう！」

『お、おう！　アデルちゃん！』

アデルは意識を集中し、ユニコーンとの盟約を試みる。

一拍《ぱく》、二拍、三拍――目を閉じて集中をする中で、光の結界にケルベロスやユニコーンが突撃しては、弾き返される音が耳に入り続ける。

「ならば、炎を！」

カティナが指示を出す声もする。

ケルベロス達の炎を一斉に浴びせるつもりだ。

それにこの結界は耐《た》えられるのだろうか。

「まだか……!?　早くしろ！」

『いや、俺だってやる気はあるんだけどさ、アデルちゃん……！』

中々、盟約は成立してくれないのだ。


ゴオオオオォッ！

ケルベロス達が一斉に炎を吹き出す音がする。

思わず目を開くと、視界の全面が真っ赤に染まるような、炎の奔流《ほんりゅう》が一角獣の結界刀《ユニコーンウォール》を飲《の》み込んでいた。

その中で結界の光はまだ健在だが、いつまで持つかは分からない。

「落ち着いて、心を一つにして、お互《たが》いの存在を受け入れ合うんだ！」

クロエからの指示が飛んでくる。

「やろうとはしているのですが！」

『ああ、アデルちゃんのむちむち感はすんげー気持ちいいんだけどさ！』

アデルが頭を抱いているユニコーンがそう言う。

「貴様、余計な事を考えるな！　集中しろ！」

『お、おう……っ！』

こういう品性下劣《げれつ》な言動だから、アデルはペガサスもユニコーンも好きになれない。

自分だけの事ならば、呆《あき》れはすれど放っておくのだが、ユーフィニア姫の健全で健《すこ》やかな成長への悪影響《あくえいきょう》は確実。これを見過ごす事は出来ないのである。

そしてそれが、盟約に手こずる結果になっているのだろうか。

盟約には、お互いの信頼《しんらい》関係が大切だ。

これが、クロエにペガサスとの盟約を勧《すす》められた時に感じた問題点の二つ目だ。

時間が無い事に加えて、そもそもアデルがユニコーンを好きではないという事である。

しかし現状これに懸けるしかないのは理解している。

だから好き嫌《きら》いは飲み込もうと覚悟はしたのだが、無意識に思っている事は隠《かく》せないという事だろうか。盟約というものは、そう都合よく行かないらしい。

「う――うううぅぅ……っ！」

ユーフィニア姫はぎゅっと目を閉じて、必死に堪《た》えている様子だ。

いつまでもこんな状態を強《し》いるわけには行かない。

見ているだけで、こちらも気が気ではない。早く何とかせねばならない。

「流石《さすが》はクロエね。あれだけの数の攻撃を防ぐなんて」

カティナは感心したような表情をクロエに向ける。

「この子の、ユーフィニア姫のおかげだよ。あたしらも史上希に見る若い大聖女って言われたけど、次の世代っていうのは出てくるもんだね……！　この子はあたし達を超える大聖女になってくれるかも知れない。こんな所で殺させないよ！」

「なら余計に、出る杭《くい》は打っておかないとね？　私以上の聖女なんて必要ないわ、一人の強き王の世界のためには」

そう微笑むカティナの元に、巨大な影《かげ》が集まってくる。

多頭のケルベロスの群れだ。

アデルが先程《さきほど》吹き飛ばした者達が、戦線に戻ってきたのだ。

どの個体もやはり、致命的な傷は負っていない。

最初にカティナが召喚《しょうかん》した群れは多頭のケルベロスに変化をし、後発の群れは変化していない事を考えると、最初の一団が選《よ》りすぐりの精鋭《せいえい》だったという事だろうか。

とはいえ変化せずとも、ケルベロスは単体でもかなり強力な神獣であるのは確かだ。

「戻ってきたわね？　なら、皆《みな》の力を合わせなさい！」

ケルベロス達が、再び大きく息を吸《す》い込む。

「来るよ、ユーフィニア姫！　悪いね、更に気合い入れてくれ！」

「は、はいっ……！　クロエ様！」

「姫様……！」

『クロエ！　だ、大丈夫なのかよこのままで⁉』

「やるしかないんだよ！　こっちは気にするな、自分達《たち》の事に集中しな！」


ズゴオオオオォォッ！

クロエの叱咤《しった》の中、黒い炎と赤い炎が混ざり合った奔流が一角獣《ユニコーン》の結界刀《ウォール》の結界を撃《う》つ。

「くっ……！　急ぐぞ！　早く何とかしなければ！」

『お、おう、アデルちゃん！』

先程《さきほど》までよりも強く、ユニコーンの頭を胸に抱いてみる。

多少は盟約に近づいた気もしなくもないが、ケルベロスと盟約した時のような強い手応えと確信のようなものが無い。

あの時はあっさりと盟約出来たように感じたが、実はアデルとケルベロスとの相性《あいしょう》がとても良く、意思も近かったからなのかも知れない。

「！　結界が⁉」

「歪んできてるっ⁉」

マッシュとメルルが声を上げる。状況《じょうきょう》は、二人の言う通りだ。

今度は前と同じとは行かず、結界は歪み、軋《きし》み始めている。

「まだ出来るわ！　力を振《ふ》り絞《しぼ》りなさい！」


ズゴオオオオオオォォォォォウッ！

いや、もう崩壊《ほうかい》する――！

「いかんっ！」

結界の崩壊の寸前、アデルはユニコーンから手を離《はな》し、ユーフィニア姫の前に立つ。

押し寄せる炎に対し、自分の身を盾《たて》にする位置取りだ。

自分より先にユーフィニア姫を傷つけさせる事などあってはならない。

これはもう、アデルの護衛騎士《きし》としての本能だ。

考えるよりも先に体が勝手に動く。誰《だれ》にも、自分にも止められない。

「姫様っ！」

片手でユーフィニア姫の身を抱き、もう片手には双身《そうしん》に形成した黒い炎の火蜥蜴の尾《サラマンダーテイル》を構える。

「皆も私の後ろにっ！」

そう呼び掛けた直後に、結界が破れ炎が目の前に侵入《しんにゅう》して来る。

アデルは双身の火蜥蜴の尾《サラマンダーテイル》を高速で旋回《せんかい》させ、炎から守る盾とする。

「ぐうううううっ！」

だが何十体ものケルベロスが噴き出す炎の勢いは、そう易々《やすやす》と食い止められるものでもない。

勢いに圧されて、体ごと吹き飛ばされそうになる。

「下がれっ！　尖塔《せんとう》の中に！」

アデルは腰《こし》を落として踏《ふ》ん張りながら、そう呼び掛ける。

このまま防ぎ切るのは、難しいかも知れない。

あの尖塔を盾にすれば、まだ凌《しの》げる。

「分かった！　メルル！　クロエ殿！」

マッシュが二人の背後に立ちながら、尖塔の中へと退避《たいひ》して行く。

アデルも片手で炎《ほのお》を押さえ、片手でユーフィニア姫を抱きかかえつつ、その後を追って中に滑《すべ》り込んだ。

しかし、『神獣憑依法』を発動したアデルを押し込む程《ほど》の威力の炎である。

数秒後には、尖塔自体が耐えかね崩壊し、アデル達全員の身を衝撃と爆風《ばくふう》が攫《さら》って行く。

「「「うあああああぁぁぁっ⁉」」」

だがそれでも、直接炎を受け身を灼《や》かれるよりは遥かに良い。

アデルが離さずに抱き締めていたユーフィニア姫も、こちらの胸に顔を埋《う》めるような姿勢で無事のようである。

「姫様！　お怪我はありませんか……⁉」

そう声をかけ、ユーフィニア姫の手を引きつつ立ち上がる。

周囲には尖塔の瓦礫《がれき》が散らばっており、もはや跡形《あとかた》も無い。

位置的にはかなり後方にまで吹き飛ばされたようだ。

「は、はい……ありがとうございます、アデル」

「ご無事で何よりです……！」

マッシュやメルルの姿も近くにあり、よろめきながらも身を起こしている。

アデル達と同じで、衝撃は免《まぬが》れなかったものの炎の直撃《ちょくげき》は避けられた様子だ。

「ですが、ごめんなさい……結界で防ぎきれませんでした」

「いえ、結界があればこそ、我々は未《いま》だに無事でいられるのです」

「ではもう一度……！　今度こそアデルの力になってみせます！」

ユーフィニア姫はそう言って、周囲に視線を走らせる。

「クロエ様！　もう一度一角獣の結界刀《ユニコーンウォール》を！」

そのクロエの姿は、アデル達の前方、丁度尖塔《せんとう》が建っていたあたりの場所にあった。

だが返答は無い。気を失っているのか、瓦礫の影に倒れ伏《ふ》したままだ。

そしてその倒れているクロエに、接近しようとする複数の影があった。

「「「ガアアアアァァァッ！」」」

それは、ケルベロス達の後方から飛び出して来たユニコーン達だった。
ケルベロスの炎から、ユニコーンの突撃という二段構えの攻撃《こうげき》だ。
ユニコーン達は鋭《するど》い角を槍《やり》のようにして、敵を貫《つらぬ》くべく猛然と駆け込んでくる。
「！　クロエ様！」
「いかん……！　クロエ殿！」
アデルはクロエの方に駆け出すが、ユニコーン達の突進の速度もかなりのものだ。
普段《ふだん》の状態ならば、戦いと聞けば自ら逃《に》げ出しとても戦力として計算できない烏合《うごう》の衆
だが、カティナに強制されれば、機動力の高い優秀《ゆうしゅう》な戦力だ。
この位置では、アデルも一歩間に合わない。
このままではクロエが、ユニコーン達の鋭い角に貫かれてしまう。
だがそのクロエとユニコーン達の間に、割《わ》り込む者がいた。
『クロエえええぇぇっ！　てめえら、止めろおぉぉぉっ！』
クロエのユニコーンのニコだ。
身を挺《てい》してクロエを庇《かば》い、カティナのユニコーン達の前に立ち塞《ふさ》がった。
鋭い角が、槍のようにクロエのユニコーンを貫く。
『ぐおぉぉっ……⁉』

飛び散った血が倒れ伏すクロエの頬《ほお》にかかり、その刺激《しげき》によってクロエが目を開けた。

「！　ニコ！　おまえ……！」

「それ以上はやらせんぞ！」

一歩出遅《でおく》れたアデルが追いつき、火蜥蜴の尾《サラマンダーテイル》の黒い炎の刃でクロエのユニコーンを貫く角を斬《き》り飛ばす。

「「ガアアアァァアァッ！」」

角を切られたユニコーン達は声を上げ、警戒《けいかい》をするように飛び退き、アデルから距離《きょり》を取る。

「ニコ！　大丈夫か、ニコっ⁉」

クロエはユニコーンに突き刺《さ》さった槍の先端を引き抜《ぬ》こうとするのだが、それを許すまじと言わんばかりにケルベロスの軍団が眼前に迫ってきた。

「惜《お》しいわね。だけど……さあ、追い詰《つ》めたわよ？」

カティナが微笑みながら、前に進み出ようとしてくる。

「く……っ！」

ユニコーンとの盟約は成らず、一角獣の結界刀《ユニコーンウォール》の結界は破れた。

こうなれば――

「アデル！　こうなっては、カティナ殿を……！」

「も、もうそれしか――！」

マッシュとメルルの言いたい事は分かる。

ユーフィニア姫を護《まも》るべき使命を負った護衛騎士として、最優先するべきは何か。

それは分かっている、分かっているのだが――

だが、出来るだけ避けたい事だ。

しかし自分の無力さゆえに、そうせざるを得ないのかも知れない。

「う、うぅ……！」

アデルが逡巡《しゅんじゅん》し俯《うつむ》いた時――

「カティナッ！」

炎上《えんじょう》する城の建物の方から、現れた人物がいた。

カティナの名を呼ぶ声が、とても悲痛な響きだった。

「ユリアン王子！　どうしてここに!?」

その名を呼ぶカティナの顔には、明らかな動揺《どうよう》が走っていた。

「ユリアンお兄様っ！　ご無事だったんですね、心配していました！」

ユーフィニア姫が兄王子の名を呼ぶ。

カティナの口ぶりからユリアン王子を害する意図は無いようだったが、どうやら外へは逃げ遅《おく》れていたらしい。

「うん、カティナを止められなくて地下に捕《つか》まっていたけれど、逃がして貰ったんだ。フードを被《かぶ》った何も言わない子だったけれど……」

「……！」

それは『見守る者達』の少年だろうか。

アデル達を異空間に避難《ひなん》させようとしたのは余計だったと思うが、囚《とら》われたユリアン王子を解放してくれたのは助かる。

明らかにカティナの顔には動揺が見え、配下の神獣達の動きも止まっている。

「カティナ！　もう止めてくれ！　どうしてこんな事をするんだ!?　君はこんな事をする人じゃないはずだよ!?　とても強い、皆が驚《おどろ》くような力を持っているのに、それに驕《おご》る事も無く、力で物事を解決するのを善しとしない……そんな君だからこそ——！」

「ユリアン王子！　その通りです！　カティナは本来こんな事をする人間ではありません。何者かがカティナを乗っ取り、意のままに操《あやつ》ろうとしているのです！」

アデルは大きな声で、ユリアン王子に呼び掛《か》ける。

「何だって……!?　でも確かに、そうとしか考えられない。カティナはこんな事はしないよ、絶対に……！」

「ですから、カティナを諌《いさ》めようとするのではなく、自分を捕《と》らえる何かに負けぬよう、励《はげ》ましてやって下さい！　王子の声が、カティナには最も届くはずです！」

「よし、分かった！　カティナ！　負けちゃ駄目《だめ》だ！　こんな事を、君の力をこんな事に使わせるのを許しちゃいけない！　自分を取り戻《もど》すんだ！」

「あ……!?　う、うううう……」

ユリアン王子の言葉に、カティナはビクンと身を震《ふる》わせ、ケルベロスの背から滑り落ちてしまう。そして、その場に蹲《うずくま》って動けない様子だった。

「カティナ！　そうだ、元のカティナに戻ってくれ！」

ユリアン王子が、動きを止めたカティナに近付いて行く。

「王子……私は……」

カティナはユリアン王子の方を見て、少しだけ微笑む。

その表情は、アデル達が知るいつものカティナのものに近い気がした。

目の前のユリアン王子の危機に、本来のカティナが憑依《ひょうい》する何者かの意思をはね除《の》け、戻ってきたのだろうか？

もしそうならば、ユニコーンと盟約まで行ってカティナを浄化《じょうか》しようとしていたのは無《む》

駄《だ》になってしまうが、正気に戻ってくれるのならばそれでいい。

「カティナ……元に戻ったのか？」

『いや違《ちが》う……！　あれは最後の力を振り絞って、力尽《ちからつ》きたんだ。今に何かやべえのが噴《ふ》き出すぞ……！』

血を流し倒れているユニコーンが、苦しそうに呻《うめ》きながら声を上げた。

「ニコ！　意識が戻ったのか⁉」

クロエがとてもほっとしたような顔をする。

ユニコーンに突き刺さった角の槍を強く引き抜こうとしたせいで、その手が切れて血が滲《にじ》んでいた。

『ううう……俺らしくねえな。何かつい体が動いちまった』

「だが、主を守るための見上げた行動だ。よくやったと私は思う」

アデルも角を引き抜くのを手伝いつつ、そう声をかける。

傷は深いが、神獣《しんじゅう》の生命力とは人のそれとはまた異なる。命を落とす程ではないだろう。

『そうか……？　済まねえなアデルちゃん、上手《うま》く盟約できなくってよ。でも、群れの奴《やつ》等から追い出されて、魔物《まもの》に襲《おそ》われて……死にかけてた俺を見つけて手当てしてくれたのはクロエなんだ。何かそれを思い出しちまってな……』

「ニコ……おまえ、そんな事覚えてたのか……らしくないな」

「そうか。そうだな。お前の気持ちはよく分かったぞ。主をお慕《した》いする志は私と同じだ」

盟約が上手く行かなかったのは、アデルだけの問題ではないという事だ。

ユニコーンとしても、普段の態度はさておき、自分と盟約する聖女はクロエであるという強い信頼と愛着があるのだ。

それを急に切り離して別の聖女と一つになれと言われても、そうそう上手くは行かない、という事だ。

自分でそうしようと思っても、無意識にある本能的なものは隠せない。

聖女と神獣との盟約には、そう言ったものも大きく関わるのだ。

そしてこのユニコーンに、下劣なだけでなく、主であるクロエを強く慕い護ろうとする意思があるのなら——手を携《たずさ》えて戦う事も、吝《やぶさ》かではないと思う。

『はは……アデルちゃんほど、立派なものじゃねえけどな』

そう会話を交《か》わしたアデルとユニコーンの体が、同じ輝《かがや》きに包まれる。

ケルベロスの時にも見た、盟約の光だ。

「盟約が!?　今なら出来るぞ、ニコ！　アデル！」

クロエがそう声を上げる。

確かに、先程までとは感覚が違う。出来るかも知れない。

「よ、よし！　今はお前と私と両方の主を護るため、協力をしよう！」

『お、おう！　俺が役に立つなら、やってやる！』

アデルの腕《うで》の中で、ユニコーンの体が光の粒子《りゅうし》のように変化する。

それが、アデルの体に吸い込《こ》まれて消えて行った。

体感としては、胸の内側にケルベロスとは別の何かが存在しているような感覚を確かに受ける。盟約が終了《しゅうりょう》したのだ。

「よし、盟約は成った！」

「やりましたね、アデル！」

側にやって来たユーフィニア姫も、そう労《ねぎら》ってくれる。

「よし！　あとはその術の相手をニコに切り替えて――」

そのクロエの言葉をかき消すように、ユリアン王子の悲鳴に近いような声が響く。

「カティナ！　どうしたんだカティナ⁉」

「――――！」

見るとカティナの体の内側から黒く禍々《まがまが》しい輝きが噴き出し、その身を包んでいた。

「王は……私だ！　傀儡《かいらい》など不要！」

カティナが側に寄ってきたユリアン王子を突《つ》き飛ばす。

その力が尋常なものではなく、ユリアン王子はかなり後方に弾《はじ》き飛ばされる。

普段のカティナが、あんなにも力が強いはずがない。

カティナに取り憑《つ》いた何かが、完全にカティナを支配した結果だろう。

肌《はだ》に感じるこの感覚は、完全に狂皇トリスタンのそれと同一だった。

「うわあぁぁっ⁉」

ユリアン王子は、ケルベロス達の群れのど真ん中に倒《たお》れ込んでしまう。

「殺せっ！」

それまでとはまるで違う命が下る。

一斉《いっせい》に繰《く》り出される、鋭い爪《つめ》と牙《きば》はしかし、そのどれもが空振《からぶ》りをする。

寸前でユリアン王子の体が急に宙に浮き、囲みを外れて飛んでいったからだ。

その身には、細い炎の鞭《むち》が巻き付いていた。

駆け込んできたアデルが火蜥蜴《サラマンダーテイル》の尾《の》を伸ばすのが、紙一重で間に合ったのだ。

「ユリアン王子、お怪我《けが》はありませんか⁉」

「あ、ああ大丈夫だよ。ありがとう、だけど、カティナは……⁉」

「あれが何者かにカティナが取り憑かれている証拠《しょうこ》……カティナも必死に抵抗《ていこう》していたの

でしょうが……」

「そんな！　じゃあ、カティナは……⁉」

「ご心配には及《およ》びません。私にお任せを！」

「ま、まだ手があるんだね？　済まない、僕《ぼく》は何の役にも立てなくて……」

「いえ、十二分に助けて頂きました。ありがとうございます」

「……？」

ユリアン王子は首を捻《ひね》るが、何より必要だったのはユニコーンとの盟約を果たすための時間だった。

ユリアン王子の登場で、意図せず十分な時間を稼《かせ》ぐ事が出来た。

『見守る者達』の少年も、ユリアン王子を解放していい手助けだった。

「ともかく、お下がりを！　カティナは必ず助けて見せます！」

ユリアン王子をユーフィニア姫達の方に下がらせ、アデルはカティナの神獣達《しんじゅうたち》の前に立つ。「さぁ、何者かは知らんが、カティナを返して貰うぞ！」

「その力では、ケルベロス達は殺せない。先に力尽きるのはお前だ……！」

このままで戦いを続ければそうだろう。

だがもう、『神獣憑依法《しんじゅうひょうい》』の準備は万端《ばんたん》だ。

「ああ、そうだな……ならば、行くぞユニコーン！」

（おう……！　いいぜ、やってくれアデルちゃん！）

アデルは自分の中のケルベロスを包み込んでいた『気』の流れを、ユニコーンへと切り替える。

ヒイイイイィィィインッ！


甲高《かんだか》く澄んだ音が響き、アデルの姿は白い清浄《せいじょう》な光の柱に包まれる。

「何っ……!?」

カティナも目を開けていられない程の輝きの中、アデルの姿が変化していく。

頭にユニコーンの立派な角を備えた飾《かざ》りが現れ、キラキラと輝いている。

耳はユニコーンの白い馬の耳。

そして腰の後ろに、長く白い馬の尾が現れていた。

纏《まと》う装束《しょうぞく》も、ケルベロスの炎の力を表したような赤と黒のものから、ユニコーンの浄化の力を表す白く清らかな儀礼衣《ぎれいごろも》のような形に変わっている。

ユニコーンとの『神獣憑依法』が成功した証だ。

「わぁ……何て清らかな……！」

「よし！　ニコのやつがガラにもないムチャした時は、どうなる事かと思ったけどね！」

ユーフィニア姫が感嘆《かんたん》し、クロエが拳《こぶし》を握《にぎ》りしめる。

「ですがあの姿を見せられねば、盟約は成立していなかったでしょう」

「あいつを見直してくれたってのは、喜ばしい事だけどね！」

（き、き、気持ちぃいいいいいい〜〜〜！　これがアデルちゃんのナカか！　むちむち感がこうしててもめちゃくちゃ伝わるぅぅぅぅぅ〜〜！　癒《い》やされて傷治るううううぅぅぅ〜〜〜！　最高おおおぉぉぉぉぉぉおっ！）

頭の中からユニコーンのはしゃぎぶりが伝わってくる。

「……見直してすぐ見損《みそこ》ないつつあります」

ともあれ一つ分かるのは、ユニコーンの傷はあっという間に治ったという事だろう。

『神獣憑依法』は相手となる神獣が激しく傷ついている場合発動が出来ないはずだが、この通りだ。

ユニコーンの傷も浅くはなかったと思うが、異様な回復力である。

「ま、まぁニコがバカなのは元気な証拠だよ！　とにかくこれが最後の手段だ！」

「アデル。いつも最後に頼《たよ》ってごめんなさい、カティナ様と皆を……！」

「はい、姫様！　何よりも、あなたをお守り致します！」

アデルはそう強く頷くと、一人敵陣《てきじん》の真《ま》っ只中《ただなか》へと駆け出して行く。

「それがどうした！　かかれっ！」

「「「グオオオオォォォォォッ！」」」

カティナの神獣達が、一斉にアデルに群がってくる。

「望む所だ！　かかってくるがいい！」

アデルは強く火蜥蜴の尾《サラマンダーテイル》を握りつつ、その場に踏み止《とど》まり神獣の群れを迎《むか》え撃つ。

真っ先に仕掛《しか》けてきたのは、三つの頭になった多頭のケルベロスだ。

「ゴアアアアァァァッ！」

アデルの頭上から飛び込みつつ、両手の鋭い爪を同時に振り下ろしてくる。

その爪の斬撃自体、突進の勢いも乗り驚異的《きょういてき》な威力《いりょく》と速度だ。

アデルはゆったりと、三歩分だけ前に出た。

爪の軌道《きどう》は見切っている。

軌道の内側にすり抜ける、紙一重の一点だ。

ケルベロスの爪が、アデルの身の左右を通り抜け、地面に引っ掻《か》き傷《きず》を残す。

だが前に出て避《さ》けた分、ケルベロスの三つの頭の真ん中は、すぐ目の前だ。

止まった程度だ。

「炎ッ！　焼き殺せ！」

「はぁっ！」

ケルベロスの炎が噴き出す前に、アデルは火蜥蜴の尾《サラマンダーテイル》を突き出す。その刃《やいば》がケルベロスの喉元《のどもと》に突き刺さるが、特に血も出なければ、ケルベロスが苦しむ事も無い。一瞬《いっしゅん》動きが止まった程度だ。

だがアデルは、そのまま刃を引き、それ以上の攻撃は加えない。

それどころか、ケルベロスに背を向け、別の迫《せま》ってくる神獣へと注意を向けた。

「アデル！　危ないぞ！」

「背中を向けるなんて……っ⁉」

マッシュとメルルが、焦《あせ》って声を上げている。

「いや……問題無いっ！」

続いて突っ込んできたユニコーンの角を半身で避けつつ、アデルは火蜥蜴の尾《サラマンダーテイル》の刃を軽く一太刀《ひとたち》浴びせる。

やはり傷も付かず相手も苦しまないが、アデルはもうそちらを見ず背を向ける。

その間、最初の一太刀を受けた多頭のケルベロスも、全く動かず棒立ちになっていた。

次に、左右から同時に単頭のケルベロスが迫ってくる。

が、それも動きを止めたユニコーンの背を足場にして跳躍《ちょうやく》しつつ、火蜥蜴の尾刃《サラマンダーテイル》を伸ばして斬り付ける。

ユニコーンは足場にされる事に何の抵抗もしないし、単頭のケルベロス二体も、その後動きを止めてしまう。

更《さら》にアデルは、そちらにも背を向け別の敵に注意を向ける。

「何故《なぜ》動かない⁉　隙《すき》だらけだぞ、背後を襲え！　ケルベロス！　ユニコーン！」

焦《じ》れたカティナが、そう声を上げる。

「無駄だな！　彼《かれ》らはもうお前の神獣ではない！」

アデルは火蜥蜴の尾《サラマンダーテイル》の切っ先をカティナへと向ける。

その刃は元の赤い炎でもなく、術具の能力を引き上げる『錬気増幅法《ぞうふく》』による蒼《あお》い炎でもなく、ケルベロスとの『神獣憑依法』を経た黒い炎でもない。

清らかに煌《きら》めく輝きをたたえた、光の刃である。

そして光の刃を発する火蜥蜴の尾《サラマンダーテイル》の逆側は、細い鞭状の光が伸びて、アデルの頭の飾りに現れたユニコーンの角に巻き付いている。

火蜥蜴の尾《サラマンダーテイル》の炎の鞭を通じて、ユニコーンの浄化の力を凝縮《ぎょうしゅく》した光の刃を形成したのだ。

「何……⁉　その刃は⁉」

「お前はカティナではない！　カティナを操っているだけだ！　だが彼らが盟約を交わしたのはカティナ本人だ、そういった者の命に従う謂《いわ》れは無いという事だな！」

盟約を歪《ゆが》めた望まぬ強制的な命は、神獣当人にとっては呪《のろ》いと同じだ。

そして呪いは、ユニコーンの浄化の力によって消し去る事が出来る。

この火蜥蜴の尾《サラマンダーテイル》の光の刃は、神獣達をカティナとの盟約から切り離す力を持っているのだ。

『わ、我々は……？』

『どうしていたのだ？』

『何故このような姿に！』

動きを止めた多頭のケルベロスは、融合《ゆうごう》を解除して元の三体のケルベロスに戻って行く。

『おおおおぉおぉおぉっ⁉　な、なんだよこりゃ、お助けええぇえぇえぇっ！』

ユニコーンはユニコーンらしく逃げだそうとしていた。

強制されていなければ、無理に戦う必要など無いのだ。

これは、この場においては一撃《いちげき》で相手を倒すに等しい絶大な効果だ。

「さあ、神獣達を解放させて貰うぞ！」

アデルは自分から、神獣達の群れに突っ込んで行く。

細かく狙《ねら》いをつける必要など無い。

光の刃を長く伸ばし、敵の間を走り抜けるだけで、刃に触《ふ》れた神獣達が盟約から切り離され、動きを止めていく。

あっという間に半分近い神獣達が、カティナの盟約から切り離された。

「そして、カティナも取り戻させて貰《もら》うッ！」

アデルはカティナのほうに進路を向ける。

「近付かせるなっ！」

カティナの指示で、まだ盟約から切り離されていない神獣達がアデルの前に立ち塞がる。

「いくら立ち塞がろうとも、全て切り離すだけだ！」

「遠巻きに炎を浴びせろっ！　あの刃に近付くなっ！」

カティナの指示は的確だろう。

近寄ってアデルの光の刃を受ければ、一撃で無力化される。

可能な限りそれを避けつつ足止めをするつもりだ。

だが――

「時間稼ぎ程度だな！　そんなもので私は止められんッ！」

アデルは炎と炎の軌道の間を縫《ぬ》って、前に突撃《とつげき》してケルベロスに刃を浴びせていく。

避ける動きが入る分制圧に時間はかかるが、止められるものではない。

「……！　ちいいいぃぃぃぃっ……！」

忌々《いまいま》しげに舌打ちするカティナの顔に、明らかな焦りの色が見える。

「もっとだ、もっと出ろ！　逃げ道《みち》を完全に塞げ！」

カティナの影から更に次々と神獣達の姿が現れる。

だがそれも、アデルの動きと勢いを止められない。

「うおおおおおぉぉぉぉぉっ！」

白い清浄な光が嵐《あらし》のように荒《あ》れ狂《くる》っていた。

「足らぬ足らぬ足らぬ！　奴を制圧するに足る数を――うっ⁉」

カティナの神獣の出現が止まってしまう。

抱《かか》えている全ての神獣を出し尽《つ》くしてしまったのだ。

「くっ……！　何という……これでは！」

カティナは強く唇《くちびる》を噛《か》み締《し》め、自らの乗るケルベロスの踵《きびす》を返させる。

まだ神獣の数が残っている内に、戦場を離脱《りだつ》する構えだった。

「あれは、あれはもしや我《わ》が……⁉」

全速で走るケルベロスの背から、後方のアデルを振り返る。

――後方の白い光の嵐が、ぴたりと収まっていた。

そこにアデルの姿が無く、カティナとの盟約から切り離された神獣達が棒立ちしているだけだったのだ。

「……何っ⁉」

「こちらだっ！」

その声は、カティナの頭上の方向から響《ひび》く。

アデルは混戦を抜け出し、逃走《とうそう》を試みるカティナに先回りしていたのだ。

既《すで》にカティナへと飛び込みながら、浄化の光の剣《けん》を大きく振りかぶっている。

「その力は、人の世を統《す》べる王の力だぞ！　それを使って嬉《うれ》しそうに小娘《こむすめ》に尻尾《しっぽ》を振るなど、恥《はじ》を知れッ！」

その力とは、『神獣憑依法』をはじめとする『気の術法』の事だろうか？

確かに歴史上の英雄達《えいゆうたち》が『気の術法』を操ったとされているのが、今に伝わる歴史だ。

「知らんな！　お前の指図など受けん！」

歴史など関係ない。

自分の力はユーフィニア姫《ひめ》により生かされ、ユーフィニア姫のためだけに存在するものだ。

それでいいし、それがいいのだ。

全力で飛び込んだアデルは、浄化の光の剣を強く振り下ろす。


バヂイイィンッ！


先程ユニコーンの接触《せっしょく》を拒《こば》んだように、何か障壁《しょうへき》のようなものが現れ抵抗をした。

「む……！　だが押《お》し通す！　でええええええええいっ！」

強く振り抜いた光の刃が、障壁を切り裂《さ》きカティナの身を捉《とら》えた。

「あああぁぁ……っ!?　貴様あああぁぁぁぁぁッ！」

カティナが声を上げると同時に――


オオオオォォォォォォォォォォオッ！


黒い何かがその身から立ち上り、高い空へ昇《のぼ》って行った。

そして西の空の方に、糸を引いて消えて行った。

「あれは……!?　消えたのか？」

やはり、何かがカティナの中にいたのだ。

一体何者だったのかは、分からず仕舞《じま》いだが――

ともあれ今は、カティナの事だ。

カティナはケルベロスの背から落ち、地面に倒れ伏している。

先程までカティナが騎乗《きじょう》していたケルベロスが、心配そうにその頬を舐《な》めていた。

「カティィナ！　カティィナ！　大丈夫《だいじょうぶ》かい、カティィナ！」

ユリアン王子が、カティィナの身を抱えて揺《ゆ》り起こす。

「う……あ……っ？」

カティィナがはっと目を覚《さ》ます。

「ユリアン王子……？　あ、こ、これは……!?　ひ、ひどい――」

カティィナは周囲の光景に意識を向け、そして息を飲む。

ウェンディール王城は炎に包まれ、あちこちに巨大《きょだい》な破壊《はかい》の痕跡《こんせき》が残る酷《ひど》い有様だ。

「カティィナ……何も覚えてないのか？」

クロエがそう問いかける。

「クロエ？　うぅぅぅぅ……っ！　あぁぁぁぁぁっ！」

カティィナは頭を抱えて、苦しそうに蹲ってしまう。

「カティィナ！　クロエ殿《どの》、カティィナはまだ話せるような状態じゃない。少し休ませて――」

ユリアン王子はそう言うのだが、クロエはきっぱりと首を振《ふ》る。

「いや、悪いがそんな時間は無いよ。すぐに動かなきゃならない。カティナを助けるならね」

カティナが大量の神獣を召喚《しょうかん》し、この城を炎に包んだのは皆《みな》が見ている。

何かがカティナを操っていたのは確かだが、それを示す証拠は無い。

如何《いか》にクロエやユリアン王子と言えども、カティナを無罪放免《ほうめん》にする事は出来ないだろう。

「このままじゃカティナがどうなるかは……ユリアン王子、あんたなら分かるだろ？」

「……！　そ、それは――」

ユリアン王子は俯いて唇を噛む。

冷静になればクロエの言う事の意味が理解出来たのだ。

そしてそれは、カティナとの永遠の別れを意味する。

「………」

その事を口に出す事は出来ず、ユリアン王子は押し黙《だま》る事しか出来なくなってしまう。

悲しい沈黙《ちんもく》だ。アデルにも何も掛ける言葉は見つからない。

時を遡《さかのぼ》る前は大戦を経て結ばれ幸せな未来が待っているはずの二人だったのに、どうしてこんな事になってしまうのか。

人の運命とは強制力を持ち、結局は同じ結果に陥《おちい》りやすいという『見守る者達《たち》』の少年の言葉は何だったのか。

今の所ユーフィニア姫やマッシュやメルルの運命は良い方向に変えていけそうだが、その歪みがカティナに押し寄せてしまったとでも言うのか。

「あ、ああ……！　そう、これは悪い夢じゃなかったのね……！　わ、私がみんな……！」

そう言うカティナの声が明確に震えていた。

「……何か思い出したか、カティナ？」

クロエがカティナに問いかける。

「え、ええ……！　夢の中の自分を見ているようだったけど、現実だとしたらこれはみんな私が引き起こした事！　ど、どうしてこんな……!?」

「君のせいじゃないんだよ！　何かが君を操って！」

「いけません、王子！　離《はな》してっ！」

ユリアン王子の手を振り払《はら》い、カティナは立ち上がって距離を取る。

「カティナ……!?」

　カティナは瞳《ひとみ》に涙《なみだ》を滲ませながら首を振る。

「わ、私はもう……王子のお側《そば》にはいられません。それどころかこれ以上私に関わると王子まで疑われてしまいます――だから」

「カティナ……」

　カティナもユリアン王子もそれ以上の言葉が継《つ》げず、そこにクロエが進み出る。

「いいか、カティナよく聞け。今すぐにここを出て逃げろ。今ならあたし達以外は見てないから。あんたは死んで、死体は焼けて燃《も》え尽きたって事にしといてやる」

「クロエ……⁉　そんな、そんな事をしてもし私が捕まったら、あなた達もタダでは……」

「構わない！　それでも、お前を見捨てる事など私はしたくない……！」

「アデル……」

「何かに乗っ取られていた事は分かっている。分かっているのに……こんな事しかしてやれず、済まない……だが、生きてくれ。カティナ！　生きてさえいれば……！」

「……ありがとう。アデル。あなたが私の事をそんな風に心配してくれるなんて、本当にいい主にお仕え出来ている証拠ね？」

　カティナはアデルに向けて微笑《ほほえ》んで見せる。

「カティナ……」

「だけどそんな事は出来ないわ。こんな事を引き起こして裁きも受けずにあなた達を共犯にして、のうのうと自分だけ助かろうなんて……！」

カティナは強く首を振る。カティナの性格ならそうだろう。

しかしそれでも、だ。

「頼《たの》む、姉さんっ！」

「……！」

「分かっている。分かっているんだ。これは私の我儘《わがまま》でしかないと……だがそれでも、こんな事で姉さんを失うのは嫌《いや》なんだ！　生きて、生きていて欲《ほ》しい……！」

真っ直《す》ぐにカティナを見つめる視界が滲むのを感じる。

そしてカティナの瞳にも涙が浮《う》かぶのが見える。

「……ずるいわ。どうしても私に言う事を聞かせたい時だけ姉さんって呼ぶんだもの」

それは母親が出来の悪い我が子を見るような――そんな母性に満ちた微笑みだ。

少し落ち着いて、完全にいつものカティナが戻ってきたという感じがする。

と、そこにクロエが進み出る。

「カティナ。心配ないって言ったら変だけど、きっとのうのうとなんてしていられないよ？

四大国にもどこにも、あんたの居場所はない。だから向かうべきは外縁《がいえん》未開領域だ」

現代において、人の住む領域は聖女の生み出す聖塔《せいとう》によって守られている。

そうでない土地は未開領域と呼ばれ、大地から噴き出す瘴気《しょうき》によりいつ魔物が生まれるかも知れない危険な場所だ。

とても人の住める場所ではないとされ、人々は聖塔に守られた限られた範囲《はんい》だけで肩《かた》を寄せ合って暮らしているのが現状である。

外縁未開領域は四大国の外側に広がる広大な未開領域だ。

かつて四大国が一つだった聖王国時代にはもっと遠くまで人の住まう領域があったようだが、それでも世界の果てではなく、その先にも更なる未開領域が広がっていたはずだ。

確かに、外縁未開領域に出てしまえば四大国も聖塔教団も、それ以上は追ってこないだろう。そこは人の住まう領域ではないからだ。

「外縁未開領域……!?　クロエ殿、カティナに一人で外縁未開領域に行けと？　魔物以外何も無い、不毛の世界ではないですか！　それでは、あまりにもカティナが……」

それでは死罪になるのと大差が無いのではないか？

死ぬまで魔物と戦う罰《ばつ》を受けるのと、何が違うのだろう？

「アデル……！　いけません、アデル……！」

そんなアデルの腕をぎゅっと握るのは、ユーフィニア姫だった。

振り向くとユーフィニア姫は目に一杯《いっぱい》の涙を溜《た》めて、首を横に振っている。

「姫様《ひめさま》……いや、済みません。クロエ殿、ご無礼を——」

だからと言ってクロエを責める事は違う。

そうユーフィニア姫は言っているし、その通りだとアデルも思った。

「いや、いいよ。あんたの気持ちも分かる。けどな、外縁未開領域の先は何も分からないんだ。人が暮らせる場所も、実際に人が住んでいる場所もあるかも知れない」

「……分かったわ。私は外縁未開領域に行きます」

そう頷《うなず》くカティナの眼差《まなざ》しは、先程《さきほど》までより少ししっかりとしているように見えた。

「外縁未開領域の姿を明らかにする事が、これからの人々のためになるのなら——少しはここで亡《な》くなった人達への償《つぐな》いになるかも知れない……それにもし倒れたとしても、それは……」

カティナはややふらつきながら、アデル達に背を向ける。

「じゃあ、すぐに行くわね。急がないと誰《だれ》かに見つかってしまうから」

その肩は小さく震え、背中はとても小さく見える。

だがこれ以上、アデルには立ち去るカティナに何も出来る事が無い。

「ああ……気休めにしかならないが、元気でな――」

クロエがそう声を掛けているが、アデルには掛ける言葉も見つからない。

こうでない未来もあったはずなのだ。

時を遡る前のカティナは、こんな悲しい結末を迎えるはずではないのだ。

これは、時を遡ってしまった自分の行いが招いてしまった事なのだろうか？

「カティナ！　済まない、私は……っ！」

「何を言っているの？　助けてくれてありがとう。アデルのおかげよ？　体に気をつけてね……出来たら、アスタール孤児院《こじいん》の事も気にしてあげてね」

「ああ、分かった。必ず……！」

もう今生の別れかも知れない、最後にカティナの顔をよく見ておくべきなのに、まともに顔を見る事さえ出来ない。

盲目《もうもく》である事に慣れていたアデルには、目で見る光景は刺激《しげき》が強い。

それがユーフィニア姫の笑顔《えがお》のような見ていて喜びと感動しか無いような素晴《すば》らしい光景であれば何の問題も無いが、こんな辛《つら》い光景の悲しみや無力感まで何倍にも感じてしまう。

その事は恨《うら》めしい。何事もいい事ばかりでは無いという事だ。

誰も何も言えないまま、小さくなっていくカティナの背中を見送って――

「よぉ～し。じゃあ張り切って行ってこようかな～！」

場違《ばちが》いに明るく声を上げたのは、ユリアン王子だった。

ぐっと一つ背伸《せの》びをして、それから歩き出そうとする。

「お兄様？　どうなさったのですか？」

ユーフィニア姫がユリアン王子に尋《たず》ねる。

「うん？　僕もカティナと一緒《いっしょ》に行くのさ。外縁未開領域に冒険《ぼうけん》しに行くなんて、楽しみだね～？」

「「「「えええええええええっ⁉」」」」

ユリアン王子以外の全員が大きな声を上げてしまう。

「カティナの性格上、今一緒に行くって言っても絶対うんとは言わないだろうからね？　こっそり見守って、後戻《あともど》り出来ないくらい遠くに行ったら合流するよ～」

にこにこと軽く言うが、凄《すさ》まじく重い決断だ。

国を捨て立場を捨て、命さえ危《あや》うい不毛の地で生きていく覚悟《かくご》をこの僅《わず》かな時間で固めていたのだ。ユリアン王子が暫《しばら》く黙《もく》して語らなかったのは、そのせいだろう。

人の運命とは強制力を持つ――その事の意味が分かる。

時を遡る前の新王ユリアンと王妃《おうひ》カティナではなくとも、二人が共に生きて行くというのは変わらない。きっとそういう事なのだ。

「ユーフィニア……父上や城の皆には、僕は見つからなかったと伝えてくれ。ごめんね、何もかも押しつける事になってしまうけど――」

ユーフィニア姫を見つめるユリアン王子の顔には、寂《さび》しさと申し訳なさとが入り混じっていた。

それはそうなるだろう。

血を分けた肉親の今生の別れになるかも知れないのだ。

「いいえ。いってらっしゃいませ、お兄様……いつの日か再びお会いできる事を信じています」

しかしユーフィニア姫は、微笑みながらそう応じて見せた。

ユリアン王子の背中を押すように。なるべく心残りを残さぬように――

そう思ってぎりぎりの所で我慢《がまん》しているのは、アデルには手に取るように分かった。

ユーフィニア姫が微笑みを浮かべる前、アデルの手を取ってぎゅっと握ったのだ。

そしてあの台詞《せりふ》を言って、ユリアン王子を快く送り出そうとしている。

だがその手はぶるぶると、小刻みに震《ふる》えていた。

文字通り手に取るように、ユーフィニア姫の内心が伝わってくるのだ。

決して平静ではない。寂しくないはずがない。悲しくないはずがない。

ユリアン王子がいなくなってしまえば、この国を継ぐのはユーフィニア姫だ。

将来の女王としての重責も一気に背負わされて、それでも一言の恨み言も言わず、覚悟を決めて受け入れ兄の背中を押す。

何と健気《けなげ》で、心優《こころやさ》しく、そして強いのだろう。

体こそアデルの方が大きいが、人間としての器の大きさが違《ちが》う。そう強く思う。

それでこそ、自分の人生を捧《ささ》げるに足る主だ。

そしてそんなユーフィニア姫が感情に押し流《なが》されそうな時に握ってくれるのがアデルの手である事、その事が何よりも誇《ほこ》らしい。

時を遡る前――ナヴァラの移動式コロシアムに囚《とら》われていたアデルの手を握ってくれたユーフィニア姫の手も震えていた事を思い出す。

「アデル……アデルはずっとわたくしの側にいて、支えていて下さいね」

ユリアン王子の背中を見送りながら、ユーフィニア姫がそう言った。

「は、はいっ！　勿論《もちろん》でございます……！」

しかしそのユーフィニア姫の顔が、アデルには見えなかった。

「……ふふっ。あらあら、アデル。涙を拭《ふ》きましょうね？」

ユーフィニア姫がハンカチを取り出して、アデルの目元を拭《ぬぐ》ってくれた。

「……いや、そこはアデルの方が泣いてちゃ駄目《だめ》でしょ」

メルルも少し滲《にじ》んだ涙を拭いながら、そう言って笑う。

「案外涙もろいよな、こいつ」

クロエも似たような反応だ。

「いや案外でも何でもないですよ、クロエ様。姫様が関わるといつもこうですから」

「ユリアン王子……さすが姫様の兄君だな――見事な方だ」

マッシュは感じ入ったように、そう頷いていた。

全くその通りだとアデルも思う。

自分の主はユーフィニア姫しかいないが、それでも――

何かが違っていれば、主と仰《あお》ぐに相応《ふさわ》しい人物のように思う。

（ユリアン王子……カティナをよろしくお願いいたします……！）

そう心の中で呼び掛《か》けながら、アデルはユーフィニア姫に涙を拭って貰っていた。

あとがき

まずは本書をお手に取って頂き、誠にありがとうございます。

剣聖女アデルのやり直しの第３巻になります。お楽しみ頂けましたら幸いです。

前巻のあとがきで体組成計で肉体年齢を計ったら55歳判定だったみたいな話を書いたと思います。

その後なんですが、毎日運動＆一日の摂取カロリー１５００kcal以内の人生縛りプレイを４か月くらい続けた所、体重が10キロくらい落ちて肉体年齢も10歳くらい若返りました。

それで喜んでたんですが、腰を痛めてしまって今は運動を控えめにしてます……

結局やっぱり整骨院のお世話になる日々が続いていて、なかなかままなりませんね。

ままならないと言えば、去年の９月頃から投資始めようと思って色々やってます。

で、とりあえずでポンとお金入れて放置してる全世界株式（通称オルカン）はきっちり利益が出てて、色々調べまくって考えて考えてタイミングも計った銘柄はかなりマイナスでトータルでトントンみたいな感じという……

だったらはじめから全部オルカンで良かったやんけ！　って去年9月の僕に言いたいですが、後悔してももう遅いという事でこれもままならないなあと。

それに最近スマホを機種変更してスペックが大分上がったので、うちの奥さんと娘がやってたポケモンユナイトを僕も触り始めました。

で、これ面白くてかなりハマってるんですが、マスターまでランク上がったらその後停滞してしまって、練習してるんですが全然上手くならないという……

もう年齢もいいオッサンなので、反射神経が鈍ってるのを感じます。

昔はゲーセンでガンダムの対戦ゲーとかやり込んでましたが、あの頃のようにはいかないです。

これもままならないですね。

そんな人生ままならないっていうのを表したのが今回の第3巻の内容でした。

まあ狙ったわけではなく今こじつけただけですが、結構ビターな話になりましたね。

別に悪い事では無いと思いますが、油断するとすぐシリアスに寄るのでもっと明るい話も入れて行きたい所ですね。

今巻は初稿からの修正量が結構多くなってしまって、そのあたりもしっかりしておきたい所です。

今回も大分編集さんに助けて貰った感があります。

このシリーズは全般に助けて貰ってる比率が高いなぁと思います。

そのあたりもままならないですね。

自作の事なんだからここが一番重要なんですが。

仕事の事はマジでちゃんとままなって欲しいものです。

さて最後に担当編集N様、イラスト担当頂きましたうなぽっぽ様、並びに関係各位の皆さま、多大なるご尽力をありがとうございました。

今巻のアデルも可愛いかったです、新キャラのクロエやカティナも！

コミカライズの企画の方もどんどん進めて頂いていますので、そちらもお楽しみにして頂けると嬉しいです。

それでは、この辺でお別れさせて頂きます。

HJ文庫 https://firecross.jp/
1144

剣聖女アデルのやり直し 3
～過去に戻った最強剣聖、姫を救うために聖女となる～

2024年3月1日　初版発行

著者――ハヤケン

発行者―松下大介
発行所―株式会社ホビージャパン

〒151-0053
東京都渋谷区代々木2－15－8
電話　03(5304)7604（編集）
　　　03(5304)9112（営業）

印刷所――大日本印刷株式会社
装丁――内藤信吾（BELL'S GRAPHICS）／株式会社エストール

Printed in Japan
ISBN978-4-7986-3457-9　C0193

ファンレター、作品のご感想
お待ちしております
〒151－0053　東京都渋谷区代々木2－15－8
(株)ホビージャパン HJ文庫編集部 気付
ハヤケン 先生／うなぽっぽ 先生

ダンジョン配信者を救って大バズりした転生陰陽師、うっかり超級呪物を配信したら伝説になった 1

著者／昼行燈
イラスト／福きつね

最強転生陰陽師、無自覚にバズって神回連発！

平安時代から転生した高校生・上野ソラ。現代では詐欺師扱いの陰陽師を盛り返すためダンジョンで配信を行うが、同接数はほぼ0。
しある日、ダンジョン内部で美少女人気
者・大神リカを超危険な魔物から助ける
偶然配信に映ったソラの陰陽術が圧倒的
ット内で大バズりして！